Herbert Fehrmann

Die Verdammten der Bismarck

Roman

Bibliografische Information der Deutschen Nationalbibliothek:
Die Deutsche Nationalbibliothek verzeichnet diese Publikation in
der Deutschen Nationalbibliografie; detaillierte bibliografische
Daten sind im Internet über http://dnb.dnb.de abrufbar.

Herstellung und Verlag: BoD – Books on Demand, Norderstedt.

ISBN: 9783738633450.

Jahr für Jahr verbringt der aus Hamburg stammende Peter mit seinem Zwillingsbruder Franz die Ferien bei seinem Grandpa an der englischen Atlantikküste im kleinen Hafenstädtchen Swansea.
Mit weiteren Teenagern verbringen sie ihre Zeit.

Peter verliebt sich dort in Amy.
Dem hiesigen Marinekadetten Anthony Clarkson ist dies ein Dorn im Auge: war er es doch, der Amy einst zuerst küsste.

Ein Jahr später sind die beiden Hamburger Jungs wieder vor Ort.
Nach Tagen erfährt Anthony, Peter und Amy haben die letzte Nacht gemeinsam verbracht. Die Nacht hin zum 1. September 1939, des Kriegsausbruches.

Mit einem deutschen Frachter müssen die Zwillinge England unverzüglich verlassen. Doch noch vom Kai aus, verflucht Anthony dem Frachter hinterher rennend Peter:
- er wird ihn vernichten.
- eines Tages.
- mit allem was er kriegen kann!

Amy steht traumatisiert abseits. Sie weiß: aufgrund des Kriegsausbruches wird sie Peter niemals wieder sehen.

Anthony nutzt die Zeit - und bringt Amy monatelang mit Unwahrheiten auf seine Seite.

Solange, bis sie eines Tages zusammen kommen.

Doch spürt er förmlich Amys weitere Leidenschaft hin zu Peter.

Parallel dazu gelingt es Amy endlich, mit Anfang 20 als Pilotin in einer Flugstaffel zu dienen.

Peter - als Geschützoffizier und Franz als Funker - tun beide ihren Dienst bei der deutschen Marine.

Anthony ist im Wissen darüber, beide verrichten ihre militärische Laufbahn auf dem Schlachtschiff Die Bismarck.

Während Peter durch seinen Bruder erfährt: Anthony soll als Geschützoffizier auf dem britischen Nationalstolz, dem Schlachtschiff Die Hood stationiert worden sein.

Sie haben diese Nachricht von Pam. Amys Cousine, die in England ebenfalls als Funkerin dient.

Schicksalhaft treffen durch den Verlauf des Krieges die beiden mächtigsten Schlachtschiffe der Welt:

Die Bismarck und Die Hood auf See aufeinander.

Doch der jähzornige Anthony führt im Geschützturm keinen Krieg gegen die Deutschen, er kämpft hasserfüllt nur gegen Peter:

- mit allem was er kriegen kann.

- dem Schlachtschiff auf welchem er Dienst tut!

Die Hood wird vernichtend geschlagen.

Fatal, erst jetzt - direkt nach der Versenkung - fängt Franz eine Nachricht von Pam auf: Amy hatte den Befehl als ATA Pilotin ein Schwimmerflugzeug zur Hood zu fliegen.

Für Peter bricht eine Welt zusammen.

Gegenwart / Normandie
Es ist wieder einer dieser verdammten Jahrestage des D-Days. Und zufällig begegnen sich auf einem Soldatenfriedhof vier alte Senioren.
Sie trauen ihren Augen nicht.

Die Verdammten der Bismarck

ist entstanden unter Mithilfe von:

Internationales Maritimes Museum Hamburg

Stiftung Deutsches Marinemuseum Wilhelmshaven

Deutsches Schifffahrtsmuseum Bremerhaven

Militärgeschichtliches Forschungsamt Potsdam

Blohm & Voss Hamburg

Marineehrenmal Laboe

Die Verdammten der Bismarck

*Während der nur neun Tage dauernden Feindfahrt
der Bismarck, verloren in der größten Verfolgungsjagt
der Seekriegsgeschichte an die 3500 Seemänner
auf deutscher sowie englischer Seite ihr Leben.*

*Bis heute ist dieses Ereignis eines der größten
Dramen des Zweiten Weltkrieges.*

Es war wieder einer dieser verdammten Jahrestage des Einmarsches der Alliierten in die Normandie, Anfang Juni 2010.

Leicht und mild umwehte ein Windhauch den jungen Reporter, der gedankenversunken inmitten eines Soldatenfriedhofes verweilte.
Hier, direkt vor den Toren eines kleinen Dorfes am Atlantik in der Normandie.

Benommen schweifte sein Blick über die Ausmaße dieser Begräbnisstätte, mit dem Meeresrauschen im Hintergrund.
Und überall fielen ihm die Altersangaben auf den weißen Kreuzen ins Auge:

Gefallen mit 18 Jahren.
Gefallen mit 19 Jahren.
Gefallen mit 21 Jahren.

Im Augenwinkel bemerkte er einige Kriegsveteranen.
Die Senioren standen in alten Uniformen hier und dort vor vereinzelten Gräbern. Weiter ab fiel ihm auf, wie zwei Veteranen an einem Kreuz Blumen niederlegten. Und ein weiterer Veteran zu seiner Linken, wurde gar von einem Fernsehteam begleitet.
Der junge Reporter ging in sich, um daraufhin eine persönliche Notiz in seinem Notizblock zu vermerken.
Angetan tat er danach weitere Schritte über den Friedhof.

Kurz darauf kreuzte sein Weg drei ältere Frauen, die ebenso bedächtig vor einem weißen Kreuz standen.
Dem Reporter fiel auf, die eine von ihnen trug - wie die männlichen Veteranen - ihre ehemalige Uniform als britische Funkerin. Die andere war unübersehbar eine Nonne.
Die dritte Frau kleidete sich zivil.

Vorsichtig versuchte er hinter ihnen über den schmalen Gang entlang zu huschen, denn er wollte die stille Anteilnahme der älteren Damen nicht unterbrechen. Doch erhaschte der Blick einer der Frauen, seinen Blick. Der Reporter entschuldigte sich sogleich. >>Sorry. Ich wollte nicht stören.<<
Die Funkerin lächelte und gab verständnisvoll im Deutsch mit englischem Akzent zu verstehen. >>Sie stören nicht.<<
Der junge Reporter nickte höflich und wollte weitergehen, doch seine Neugierde ließ ihm keine Ruh: denn es war selten, dass man weibliche Veteranen des Krieges in Uniform begegnete. Der junge Mann blickte aufs Kreuz - und sprach dann feststellend und vorsichtig in die Gruppe hinein.
>>Sie...kannten ihn?<<
Die Nonne nickte in tiefen Gedanken. >>...yes. We do.<<
Woraufhin die Funkerin bedauernd ergänzte.
>>Und wir haben die Blumen vergessen.<<

Dem Reporter war anzusehen, dass er sogleich mitfühlte. Vermittelnd versuchte er zu erklären. >>I am from Hamburg. Und es ist schlimm was damals alles geschah. Es bewegt mich sehr.<< Die Funkerin schmunzelte. >>Ich finde es interessant die Deutsche Sprache zu hören. Sprechen Sie weiter.<< Er blickte die Damen nacheinander an. Und entschied sich dann weiterzusprechen. >>Mein Großvater war auch im Krieg. Meine Mutter berichtete mir davon.<<

Die Nonne wurde neugierig. >>What are you doing here?<< Der junge Mann blickte zur Funkerin, die jedoch mit warmen Blick antwortete, er möge gern weiter in Deutsch antworten.

>>Ich bin Reporter. Ich schreibe für das Magazin Der Stern.<< erklärte er. Die zivil gekleidete Frau brachte sich mit ein. >>I know this magazine. Anyone can buy it in San Francisco. ...and...worüber schreiben Sie genau?<< Dem jungen Journalisten war es peinlich. >>Soll ich in Deutsch?<<

Die Frau nickte. >>Ja.<<

Er stöhnte. >>Ich darf's eigentlich gar nicht sagen...<<

Er musterte einige Auszeichnungen auf ihrer zivilen Jacke, darunter eine kleine amerikanische und britische gestickte Flagge - und verwunderlicher Weise ein gesticktes Emblem der Heeresflieger der Nazis. >>...nun: man hat mich hierher geschickt, damit ich über den Zustand des Atlantikwalls schreibe. Sprich: inwieweit die alten Bunker noch dastehen. Wie sehr sie zerfallen.<< Er klagte. >>Dabei gibt es am D-Day bei weitem interessantere Themen.<<

>>Wichtigere.<< korrigierte die Nonne.

Der Reporter nickte, denn sie hatte Recht. >>Mir ist das auch total peinlich. Doch ich bin noch in der Ausbildung. Und hab das zu tun, was der Boss will.<<

Für einen Moment hielt er inne und die Frauen verstanden was er meinte.

Dann fiel ihm das Geschriebene auf dem Kreuz auf:
`The German General. Gefallen mit 23 Jahren.´
Moos verhinderte den Blick auf die Buchstaben des eigentlichen Namens. Achtsam sprach er. >>Wer...<<
Er wollte niemanden zu nahe treten. >>...wer war er?<<

Stille überkam den Augenblick und die Frauen taten sich schwer. Dann brach die Nonne das Schweigen.
>>Wir...wir Frauen waren früher immer zu viert. Er stand Amy einmal sehr nahe.<<
Der junge Mann blickte: wer war Amy?

- - -

In Gedanken verschloss der junge Reporter Augenblicke später hinter sich das Gitter des Soldatenfriedhofes, wobei sein Blick nochmals die drei Frauen weit ab am Grab stehend erhaschte.
Daraufhin blickte er auf die Uhr: er wusste, er musste weiter.

Über die kleine Straße bewegte er sich die 200m auf das Dorf zu, während immer wieder sein Blick hin zum Atlantik wanderte - und er den Wellen lauschend, eine weitere Notiz in seinem Büchlein vermerkte.

Tief bewegt schlenderte er ins Dorf hinein.
Es war geschmückt mit Ansammlungen historischer Panzer, Jeeps und Amphibienfahrzeugen des Zweiten Weltkrieges.
Überall hatten sich alte Veteranen in Uniformen eingefunden, die sitzend ihren Plausch der Erinnerungen vor den Cafés oder stehend in kleinen Gruppen auf der Dorfstraße führten.
In diesem Augenblick klingelte sein Handy - und an der Nummer sah er bereits, wer drängeln würde. >>Bin schon unterwegs. Hab nur ´n paar Impressionen eingefangen.<< sprach er. Doch sein Boss maulte. >>Impressionen? Glaub ich Ihnen nicht. Ich hatte Sie gebeten: keine eigenen Recherchen. Für so was haben wir keinen Platz in der Reportage.<< >>Chef. Ich kenn den Auftrag, aber...<< >>Keine eigenen Geschichten. Das is nich Ihr Job.<< unterbrach der Boss.
Der junge Mann nahm seinen Mut zusammen. >>Sorry. Ich möchte auch, wie die anderen, anspruchsvolle Themen schreiben. Und der `Zustand der Bunker´ kann im eigentlichen Sinne doch gar nicht mithalten mit den tausenden von Geschichten ...und...Schicksalen, die mir hier übern Weg laufen.<<
Ruppig wies ihn der Chef in die Schranken. >>Hinrichsen, Sie haben einen Auftrag. Kommen Sie mir nicht mit ´ner Veteranen-Mitleidsgeschichte.<<
Hinrichsen wollte am liebsten etwas sagen. Doch er wusste, es würde nichts bringen. Tief einatmend stöhnte er nur noch. >>Ja, is klar.<< Er legte auf. Und innerlich begann er zu brodeln. >>Was ´n Blödsinn.<< murrte er weiter. Woraufhin er verbittert seinen weiteren Weg durchs Dorf fortführte.

Zwei Straßen weiter beobachtete er eine Ansammlung junger französischer Soldaten, die hochpoliert in Reih und Glied vor einem Kriegerdenkmal standen. Ein Offizier gegenüberstehend gab einen Befehl, woraufhin die ganze Truppe in Grundstellung ging. Der Offizier drehte sich stramm um, tat fünf militärische Schritte in Richtung zwanzig ältere Veteranen, die in ihren alten Uniformen angetreten waren, grüßte zackig - und wandte sich zwei weiteren jungen Soldaten zu, die auf roten Samtkissen einige Orden vor sich hielten. Der Offizier nahm einen dieser Orden, hielt ihn vor die Veteranen hoch und begann zu sprechen. Während Photographen die Szenerie verewigten.

Hinrichsen fühlte mit.

Und dann erst ging er weiter. Wobei ihm immer wieder die verschiedensten Kriegspanzer, Veteranen und die Besucher auf den Straßen ins Auge fielen.

Sowie ein Fallschirm, welcher über die Spitze der Dorfkirche übergestülpt worden war. Daran hing eine in Uniform gekleidete Schaufensterpuppe mit Helm.

Er zückte seinen Fotoapparat und ließ ein Bild entstehen.

Durchs Teleobjektiv blickend, schwenkte er den Kirchturm dann langsam hinab zu einer Gruppe amerikanischer Veteranen, die mit ihren Frauen, Kindern und Enkelkindern vor dieser Dorfkirche standen. Gebannt lauschten die Verwandten den Worten einem der Veteranen, der mit der Hand hinauf zur Kirchturmspitze wies. >>...und so habe ich das Ganze überlebt.<<
Die Verwandten applaudierten mit großer Anteilnahme.

Der junge Reporter war angetan. >>Das sind Geschichten.<<
Sein Blick schweifte hinauf zur Kirchenuhr, denn diese schlug just in diesem Moment zur vollen Stunde. Und sogleich haderte er mit der Überlegung, fortzuschreiten oder auf diese Gruppe zuzugehen. Doch er verspürte seinen Zeitdruck.

Verärgert seufzte er ... und ging.

Eine Straße weiter erblickte er, wie vor dem Dorfmuseum erneut eine Ehrengarde von jungen französischen Soldaten stramm - weiteren zwanzig Veteranen gegenüberstehend - salutierten und ihnen Ehre und Achtung erwiesen, während eine Blaskapelle im Hintergrund gerade mit einem Musikstück endete.

Selbst der in Zivil gekleidete Bürgermeister war mit Orden um den Hals anwesend.

Er öffnete eine Mappe - und las einige Zeilen vor.

Ein Fernsehteam war ebenfalls vor Ort und dokumentierte das Geschehen.

Doch erst jetzt erhaschte der Blick des jungen Reporters hinter dem Museum, wie dort gerade, ohne großes Tamtam, eine kleine Gruppe französischer Veteranen, fünf amerikanischen Veteranen gegenüberstand. Die Zeremonie schien auf privater Ebene abzulaufen. Man kannte sich wohl durch den Zweiten Weltkrieg - und hatte über die Jahrzehnte hinweg Kontakt gehalten.

Und auch hier wohnten ältere Frauen mit erwachsenen Kindern und Enkelkindern der Feierlichkeit bei.

Einer der französischen Veteranen tat dann gebrechlich einige Schritte vor...und blieb vor einem der amerikanischen Veteranen - im Rollstuhl sitzend - stehen, um ihm einen Orden zu verleihen.

Doch kaum wollte er sich hinunter beugen, mühte sich der alte Amerikaner im Rollstuhl schwerfällig und zitternd hoch.

Sogleich halfen ihm seine Kameraden links und rechts.

Doch kaum stand er - wackelig - blickte er sie wortlos links und rechts an, woraufhin sie mit Achtung wieder von ihm abließen.

Erst jetzt schaute der Amerikaner zum Franzosen und hob sein Kinn, um mit größtem Stolz, Respekt und Anteilnahme diese Ehrung des Franzosen entgegenzunehmen.

Hinrichsen hielt diese Situation durch sein Teleobjektiv fest. Wobei ihm auffiel, dass ein weiterer älterer Mann abseits sitzend in Zivil diese Ehrung still und stumm verfolgte. Er gehörte nicht zu ihnen.

Hinrichsen blickte auf die Uhr und machte sich auf den Weg, hin zu diesem alten Mann. Vorsichtig sprach er ihn an.
>>...hier bist du. Ich muss zur Redaktion. Ins Dorfhotel.<<
Der Blick des Alten war tief getroffen und haftete weiterhin auf die Ehrung.
Mit englischem Slang sprach er dann. >>...siehst du das?<<
Erst jetzt blickte er. >>Und bis gerade eben haben sie vorgelesen, wen sie aus der Truppe verloren haben. Sie sind die einzigen fünf Überlebenden ihrer Einheit.<<
Hinrichsen verstand. Doch die Zeit drängte. >>Großvater. Bitte entschuldige: aber ich muss weiter. Wir müssen weiter.<<
Doch der Großvater entgegnete. >>Ich habe nicht diese lange Reise auf mich genommen und lass mich hetzen. Du solltest verstehen, dass es bei weitem wichtigere Dinge gibt als: ist der Mörtelputz noch an den Bunkern ja oder nein?<<
Junior Hinrichsen verwies auf den Zeitdruck. >>Wenn ich nicht pünktlich zur Redaktionssitzung komme, wird die Konferenzschaltung nach Hamburg ohne mich stattfinden. Heute ist Abnahme, für den Druck morgen. Ich krieg größte Schwierigkeiten.<< Der Großvater wiederholte.
>>Größte Schwierigkeiten?<< Der Junior übertrieb gespielt.
>>Es geht um Leben oder Tod.<< Den Alten ärgerte dies.
>>Sag so etwas nicht. - Nicht, wenn dem nicht so ist.<<

Er tat sich schwer. >>Ihr jungen Leute habt keine Ahnung, was es bedeutet, um Leben oder Tod zu kämpfen.<<
Stramm blickte er seinen Enkel an.
Doch dann sah der Junior, wie sich der Gesichtsausdruck seines Großvaters veränderte. Erinnerungen kamen in ihm auf.

Vorsichtig versuchte der Junior auf seinen Großvater einzugehen. >>Ich wollte dir nicht zu nahe treten. Es ist nur so, dass die Redaktion...<<
>>Allein in diesen zwei Tagen, in welchen ich nun hier bin: wie oft hast du mich genervt? Wie oft hast du mich gefragt?<< unterbrach der Senior...und kämpfte. >>Kein einziges Mal.<<
Er untermauerte. >>Stattdessen höre ich ständig nur:
Die Redaktion hier. Und die Redaktion da.<<
Dann musste der Senior aussetzen.
Und Junior Hinrichsen sah, wie die Augen seines Großvaters feucht wurden. Nach zwei, drei Atemzügen dann, murmelte er in sich gekehrt weiter. >>Nie hatte ich jemanden, mit dem ich darüber sprechen konnte.<<
Er blickte zu den Veteranen abseits. >>Verdammt.<<
Weitere Erinnerungen kamen auf.

Hinrichsen Junior haderte mit der Zeit: er musste ins Hotel, denn der aufkommende Ärger wäre vorprogrammiert.
Doch er sah deutlich: wohl niemals würde er der Geschichte seines Großvaters je wieder so nahe kommen, wie in diesem Augenblick.

Der Alte starrte vor sich hin - und wiederholte flüsternd.
>>...noch nie habe ich darüber gesprochen.<<
Er blickte hin zum amerikanischen Veteran, der unter Hilfe wieder in den Rollstuhl gesetzt wurde.
>>Vielleicht wird es Zeit.<<

Gebrochen fiel der Großvater in weitere Erinnerungen. Um sich dann jedoch unangemeldet und schwerfällig daran zu machen, sich mit seinem Gehstock zu erheben...
...und um langsam zu gehen.

Hinrichsen Junior blickte ihm nach und dann auf die Uhr: wo wollte sein Großvater hin?

Langsam tat der Großvater weitere Schritte in Richtung Strand.

Hinrichsen Junior folgte wortlos, um gleich darauf zu beobachten, dass sich sein Großvater 100m weiter auf eine der Dorfmauern am Strand niederließ. Der junge Reporter blickte erneut auf die Uhr und kämpfte, denn die Zeit war bereits zu knapp. Doch er tat sich schwer, ein weiteres Mal seinen Großvater zu drängen: denn er sah, wie sehr dieser ebenso kämpfte. Nochmals überlegte Hinrichsen...um dann jedoch festzustellen:
- es gab für ihn nichts zu überlegen.
- dies war der Augenblick.
- vielleicht kam er nie wieder.

Und sein Großvater hatte doch gerade eben noch darauf hingewiesen: kein einziges Mal hatte er ihn auf seine Vergangenheit angesprochen. Womit er Recht hatte. Denn Junior Hinrichsen war in diesen Tagen zu sehr damit beschäftigt gewesen, der Redaktion gegenüber, bloß nichts falsch zu machen.
Aber genau eines Gespräches wegen, mit seinem Großvater, war er - neben seinem Job - doch hierhergekommen. Und diesen Gedanken - und das wurde ihm nun erst bewusst - hatte er ganz verdrängt.

Des Weiteren war es heute sowieso und irgendwie ein anderer Tag: ein anderer Tag, der ihn sogar veranlasst hatte, vom Herzen gesteuert, sich auf einen Soldatenfriedhof einzufinden. So etwas war ihm noch nie passiert.

Und bezüglich all dieser Gedanken fiel der Hammer:
- er war hier wegen dem D-Day.
- und auf dem D-Day, geht es genau um diese Geschichten.
- und um nichts anderes.

Erleichtert über seine eigene Entscheidung setzte sich Hinrichsen zu seinem Großvater. Angetan ließ der Junior eine Sekunde verstreichen, um dann erst vorsichtig auf die Gefühlslage seines Vorfahren einzugehen.
>>Wenn, wenn du sprechen möchtest. So tu es.<<
Instinktiv holte er ein Aufzeichnungsgerät hervor.
>>Sprich alles aus.<<

Deutlich sah er, wie sein Großvater - diese seine Geschichte - endlich loswerden wollte. Dann kramte der Junior sein Handy aus der Hosentasche...blickte darauf...und schaltete es tatsächlich aus. >>Bitte sprich. Sprich alles aus. Alles, was sich all die Jahre über in dir festgesetzt hat.<<
Der Großvater blickte seinen Enkel an.
Und langsam wurden seine Augen erneut feucht.
Daraufhin begann er zu sprechen.
>>Du willst es wirklich wissen? Phillip?<<
Er blickte starr...

- - -

...mit starrem Blick aufs Meer hinaus und abwesend, saß der junge Teenager einfach nur am Strand.
Hier, an der englischen Atlantikküste, während die Wellen vor ihm rauschend brachen.

Ehrfürchtig hielt er sein Modellkriegsschiff in den Händen. Er hatte es auf einer am Strand überfluteten Wasserfläche fahren lassen.
Es war mit großer Hingebung aus Balsaholz selbst gebaut, mit viel Liebe zum Detail, dass konnte man sehen. Denn es hatte sogar ein Gefechtsturm vorn und einen hinten, die sich je drehen ließen.

All dies kam nicht von ungefähr: denn seit zwei Jahren bereits, seit seinem 12 Lebensjahr, war er bei den Junior-kadetten im Ort tätig - und half mit weiteren fünf Teenagern ehrenamtlich einigen alten Seemännern. Sprich: sie erledigten für die alten Senioren das Einkaufen, sowie weitere Aufgaben des täglichen Lebens.
Ein jeder im Ort wusste davon.
Doch dafür versorgten die alten Seebären die Jungs mit beinahe unglaublichen Seemannsgeschichten, spannend erzählt an Kaminfeuern, die bis in die Nächte hinein reichten.
Zudem unterrichteten sie die Teenager in ersten militärischen Drillübungen, wie z.B. für landesweite Feiertage. Und zum größten Spaß für die Teenager, fand das Erlernen des routinemäßigen Umgangs mit der Jolle, stets im Hafenbecken statt.

Und an besonderen Tagen - wie an diesem - trug der junge Teenager dann auch seine Junior-Kadettenuniform, die ein wenig an eine Pfadfinderuniform erinnerte.

Umso mehr aber trug er sie mit Stolz.

Denn einer der alten Seemänner hatte ihm einen Tipp gegeben: an diesem Tag würde er hier am Strand etwas sehen, was er noch nie zuvor gesehen hatte.

Erst das Lachen sechs weiterer junger Teenager im Hintergrund rüttelte ihn wach. Er blickte zu ihnen.

Die sechs Teenager kamen laufend aus den Dünen.

Die Jungen und Mädchen eilten auf den Strand und auf ihn zu.

Eines der Mädchen trug lachend einen Picknickkorb.

Zwei weitere spannten ein leichtes Tau, an dessen Enden sie zwei Dosen befestigt hatten: sie taten so, als würden sie miteinander telegraphieren. Das vierte Mädchen lief mit langen Zöpfen und ausgestreckten Armen, als wollte sie fliegen. Die zwei restlichen Jungs, hatten ebenfalls je ein Modellkriegsschiff in den Händen.

- - -

Noch immer schaute der Großvater starr auf den Atlantik, während weitere Erinnerungen aufkamen. Doch diese quälten ihn derart, dass seine Stimme beinahe versagte und er nur leise vor sich hinmurmelte. >>...wie konnte das geschehen?<<
Dann hielt er inne:
...das vergangene Erlebte musste sehr tief gehen.

Der Junior musterte seinen Großvater, der für diesen Augenblick weiterhin abwesend auf den Atlantik blickte:
hypnotisiert seiner Erinnerungen und des Meeresrauschens.

Doch dann flüsterte der Großvater weiter.
>>Und dann die Kameraden, irgendwo da draußen.<<
>>Irgendwo weit, weit weg von hier, liegen sie da draußen.<<
>>Irgendwo in der eisigen Tiefe, 4800 Meter tief.<<
>>All die jungen Kameraden.<<
Er kämpfte und seine Stimme begann zu zittern.
>>...wie konnte das geschehen?<<

- - -

Es war im Spätsommer.
Ende August 1933 an der englischen Atlantikküste.

Barfuß rannten die Mädchen mit ihren 13, 14 und 15 Jahren weiterhin über den Strand und ließen ihre Drachen steigen. Die Jungs spielten mit den wertvollen Modellschiffen auf der überfluteten Wasserfläche. Und das Mädchen mit den Zöpfen flog immer noch mit weit ausgebreiteten Armen an den Wellen entlang.

Später dann, saßen die vier Mädchen gemeinsam im Kreis im Sand. Sie tuschelten und kicherten über die drei Jungs abseits am Wasser.
Die Jungs wurden darauf aufmerksam...packten ihre Modellschiffe...kamen angerannt...und setzten sich zu den Mädchen.
Doch erst jetzt entdeckte Anthony verblüfft etwas Schemenhaftes und Großes, draußen vor der Küste: und es kam näher.
Der alte Seemann hatte Recht: und es war unglaublich, es zu sehen. Der junge Anthony staunte. >>God save the Queen: darf ich vorstellen:<< Alle folgten seinem Blick.
>>Der Stolz der britischen Marine. Der Inbegriff des britischen Nationalstolzes.<< Er erhob sich, ging stramm in seiner Junior-Kadettenuniform in Grundstellung und grüßte militä­risch mit der Hand an der Stirn. >>Das größte und modernste Kriegsschlachtschiff der ganzen Welt.<<
Er blickte in die Runde: >>Die Hood!<<

Majestätisch schnitt dieses Ungetüm von Erscheinung der Küste weiterhin näherkommend durchs Meer.

Der hier an der Küste geborene Anthony war nicht mehr zu halten: >>In Dienst gestellt 1920. Länge über Alles: 262m. 1421 Mann Besatzung. 8 x 38cm Geschütze. Und hinten auf dem Heck sogar ausgestattet mit einem Flugzeugkatapult.<< Mary-Anne brachte sich mit ein. >>Es sieht so aus, als wenn deine Entscheidung endgültig ist.<<
Er hatte nur drauf gewartet. >>Oh, ja.<<
Mary-Anne fuhr fort. >>So korrekt, konsequent und entschlossen du da stehst und sprichst, Anthony.<<
Seine Augen starrten. >>Ich werde Karriere machen.<<
Mary-Anne flachste. >>Uhhh. Seht ihr diesen Blick? So was von entschlossen und geradlinig.<<
Er gab seinen Traum preis. >>Ich werde der Queen dienen.<<
Er blickte zurück zur Hood. >>Bei der Royal Navy.<<

Mary-Anne und die anderen Freunde bemerkten, Anthony war in seinem Stolz im Elysium seiner Träume angelangt.
Mary-Anne wandte sich an ihre 14 jährige Schwester.
>>Pam. Nach der Schule: was ist mit dir?<< Pam war es eigentlich egal. >>Keine Ahnung.<< Sie flachste. >>Gibt´s Frauen beim Militär?<< Anthony gab entschieden Antwort. >>Natürlich nicht!<< Alle blickten, nach dem Motto:
Ohhh, wie konnte Pam es wagen so etwas zu sagen.

Mary-Anne wandte sich an einen der beiden anderen Jungs, es waren Zwillinge. >>Franz Hinrichsen. Und du?<<

Franz blickte zu seinem Bruder. >>Erst einmal genieße ich mit Peter wieder die Ferien, hier in Swansea, bei unserem Grandpa. Dann übernehme ich - da ich um fünf Minuten eher der Erstgeborene bin - eines Tages den Fischkutter unseres Vaters in Hamburg und werde Pam einen hübschen Liebesbrief schreiben, um sie dann direkt hier an der Küste mit unserem Kutter abzuholen.<< Alle lachten. Doch Pam wusste sich zu wehren, sie war nicht auf den Mund gefallen. >>Ich heirate niemals einen Kraut.<< Wieder lachten sie und amüsierten sich. Mary-Anne wandte sich an Monica. >>Monica. Wollen wir nochmals über Gott und die Welt sprechen? Oder ist alles so, wie immer?<< Monica ließ sich Zeit.

>>Der Weg ist das Ziel. Gott leitet den Weg.<< Jedoch drehte sie geschickt den Spieß. >>Aber was ist mit dir? Mary-Anne.<< Die Blicke richteten sich auf die 15 Jährige. Doch die veränderte ihren Gesichtsausdruck. >>Mit mir? Ich bin uninteressant.<<

>>Viel interessanter ist Anthony<<

Sie blickte ihn an...und ließ unerwartet eine Bombe platzen.

>>Denn Carol McGallator sagt, dass du Vorgestern auf deinem 14. Geburtstag im Hafen Amy geküsst hast.<<

Alle blickten zu Amy, besonders Anthony.

Amy war es peinlich, während sie mit den Händen einen ihrer Zöpfe korrigierte und zu Peter Hinrichsen blickte.

Peter erwiderte den Blick, um ihn dann aber schüchtern zu senken. Was wiederum Anthony registrierte.

Pam und Monica waren überrascht. >>Amy!<<

>>Du hast uns kein Wort gesagt.<<

Der leicht schüchterne Peter blickte nochmals zu Amy.

Und es war zu sehen, dass er sie mit seinen 14 Jahren sehr mochte. Anthony wandte sich ab, hin zum Meer.

Er überlegte was er sagen sollte...und zelebrierte entschlossen: >>Auf die Ehre der Hood.<< Er blickte in die Runde.

>>Carol sagt die Wahrheit.<<

Die Mädchen taten lachend empört und tuschelten und ärgerten Amy. Pam zwickte sie. >>Amy Southberg.<<

Und Monica ebenso. >>Du bist unmöglich.<<

Mary-Anne klärte weiter auf. >>Liebe Schwestern. Ihr seht, ich hatte Recht.<< Sie hielt die Hand auf. >>Her mit dem Geld.<<

Pam konnte es noch immer nicht glauben. >>Uns nichts zu sagen.<< Monica fügte hinzu. >>Jetzt musst und wirst du ihn heiraten, wenn du erwachsen bist.<<

Doch Amy schoss entschlossen dagegen. >>Ich werde auf eigene Füße stehen, wenn ich erwachsen bin.<<

Pam schwärmte, an sich selbst denkend. >>Niemand wird je den ersten Kuss seines Lebens vergessen.<< Wobei sie schüchtern zu Franz schielte.

Anthony blickte wortlos: er wusste, jetzt nichts zu sagen, war die bessere Taktik. Dafür sprach Monica und es passte ihm sehr. >>So, wie die erste große Liebe. Die wird man ebenso nie vergessen.<< Doch Amy unterband nochmals.

>>Jetzt ist genug. Morgen geht mein Schiff. Leider.<<

Pam wies ihre Cousine zurecht. >>Ja. Aber auch zu Hause wirst du weiterhin deinem Traum hinterher laufen, um eines Tages als Frau in der Männerwelt der Piloten aufgenommen zu werden.<< Mary-Anne ergänzte. >>Um aber allen Männern davon zu fliegen. Um dann alt und einsam zu sterben. Liebes Cousinchen.<< Sie lachten erneut.

Amy blickte getroffen. Erhob sich. Und eilte davon.

Die drei Geschwister kicherten.

Die Jungs blickten ihr nach.

Und Anthony drückte seine Augenbrauen enttäuscht herunter: hatte er ein Ja erwartet?

Franz bemerkte den Blick seines jüngeren Bruders Peter, der in sich ging und versuchte Amy zu verstehen.

Doch Mary-Anne - wie immer nicht auf den Mund gefallen - unterbrach Peters Blick. >>Peter. Falls du also in Hamburg jemals ein Mädchen küssen willst, versuch es erst gar nicht heimlich im Hafen. Denn irgendwie wird irgendjemand es irgendwo sehen...<< Sie lächelte. >>...und somit wird trotzdem irgendwie, irgendwann - und dadurch letztendlich jeder - davon erfahren.<<

- - -

Der Mond lag mild über den kleinen Küstenort Swansea im Süden Englands, weit westlich des Königreiches mit Blick auf den Atlantik.

Während Peter in dieser Nacht in einem Baum saß - dessen Ausleger direkt vor Amys angrenzendem Schlafzimmer-fenster, im ersten Stock des Hauses ihrer Verwandten den Southbergs - endete.
Amy saß im Nachthemd im Fensterrahmen und schwieg, genauso wie Peter. Sie beide hatten bis gerade einen Dialog geführt, dass konnte man ihren Blicken entnehmen.
Doch die Augen der beiden sagten etwas Weiteres:
da war etwas - etwas zwischen ihnen.
Aber sie konnten es sich nicht erklären - und eigentlich doch.
Und doch fand keiner der beiden den Mut darüber zu spre-chen.

Dann, nach einer weiteren Sekunde, nahm Peter das Gespräch nochmals auf - welches sie geführt hatten - und stellte fest.
>>...dann ist Anthony, also als Cousin von Mary-Anne, Pam und Monica, mit dir um zwei Ecken verwandt.<< Amy be-stätigte. >>Ein Großcousin. Sofern man von Verwandtschaft sprechen kann. Denn ich finde, es besteht keine direkte Blutslinie.<< Sie überlegte, wie sollte sie es erklären.
>>Ich meine, ich mag ihn. Aber er hat eine komische Art: etwas immer Forderndes.<<
Peter verstand es nicht. >>Wieso hast du ihn dann geküsst?<<
>>Nein, so war es nicht.<< hielt sie dagegen. Um aufzuklären.
>>Er hat mich geküsst.<< Erneut hafteten ihre Augen auf Peter.

Und dieses Mal war es Peter, der seine Schüchternheit überwand und Amys Blick standhielt.
Beide bemerkten, es bedurfte nicht eines Wortes um zu sprechen.

Peters Blick wanderte dann jedoch hinunter zur dunklen Straßengasse: es war ihm, als würden sie beobachtet.

Doch Amy unterbrach sein Tun:
...da sie sich vorsichtig, ganz vorsichtig zu ihm hinüberlehnte.
...um ihn auf dem dicken Ast sitzend tatsächlich zu küssen.

Im angrenzenden dunklen Schattenspiel der aneinandergesetzten Seemannshäuser der Straßengasse, beobachteten zwei Augen diese Situation: es war Anthony.
Er kochte und zürnte innerlich.
Doch er wusste, er durfte nicht aus dem Schatten hervortreten.

In einer großen Traube standen sie am nächsten Tag im Hafen von Swansea am Pier, während Amy mit ihren Koffern vor der Gangway eines Frachters mit amerikanischer Flagge wartete.

Gebeutelt blickten sich die Mädchen an, denn es war wieder einmal eine Trennung für lange Zeit.

Und alle waren gekommen. Alle, bis auf Peter und Franz.
Was sich Amy doch so sehr gewünscht hatte.
Die Eltern von Mary-Anne, Pam und Monica drückten Amy noch rasch ein Lunchpaket in die Hände und umarmten sie.
Amys Onkel tat sich schwer. >>Sag meinem Bruder, er soll im nächsten Jahr auf jeden Fall wieder mitkommen.<<
Auch Amys Tante war traurig. >>Und deiner Mutter sagst du, wenn sie ebenfalls nicht mitkommt, dann werde ich sehr enttäuscht sein.<<
Amy nickte. Natürlich war auch sie nach wie vor betroffen: dieser Abschied nach Amerika. Wieder einmal.

Die drei Cousinen nahmen sie in den Arm.
Und Pam war es, die dabei etwas in Amys Blick bemerkte.
Denn für Amy war es dieses Mal schwer, ihre Enttäuschung über etwas Weiteres zu unterdrücken: denn dieses Mal war es ein weitaus bewegender Abschied, aufgrund der Tatsache, dass sie sich wohl das erste Mal in ihrem Leben verliebt hatte.
Pam war dies nicht entgangen.
Und so vertiefte sie ihren Blick hin zu Amy, um dann vorsichtig - aufgrund ihrer Beobachtungen der letzten Tage - und lautlos, nur mit ihren Lippenbewegungen, ein einziges Wort auszusprechen: Peter?

Und Amys Blick sagte tatsächlich ja.
Aber so, dass es keiner der Anwesenden mitbekam.
Pams Augen wurden groß - und herzerfreut konnte sie einfach nicht anders, als ihre Cousine nochmals zu umarmen.

Doch Peter war nicht vor Ort.
Und nirgends konnte Amy ihn in der Entfernung ausmachen.

Anthony kam als letztes auf Amy zu und setzte seinen unnahbaren Blick auf. Und plötzlich - ganz leise - zickte er.
>>Ist doch klar, dass er nicht kommt. Er ist 'n Kraut.<<
Fordernd blickte er. >>Vergiss ihn.<<
Um sie dann vor aller Augen öffentlich auf den Mund zu küssen.

Die Umstehenden blickten erstaunt.
Ihnen fehlten gar die Worte, über das was sich vor ihnen abspielte.

Auf dem bereits auslaufenden Schiff stand Amy Augenblicke später mit durcheinander gewürfelten Gefühlen an der Reling. Zwar winkte sie der Form halber, aber ihre Gedanken waren nur bei der enttäuschten Frage: wieso war Peter mit Franz nicht gekommen? Was war denn los?

Immer weiter stampfte das Schiff in Richtung Hafenausfahrt. Ein letztes Mal hob sie ihren Arm...
...bis sie erst jetzt weit in der Entfernung - Peter und Franz um die Ecke einer Halle in den Hafen rennend - entdeckte. Ihr Herz klopfte und pochte sogleich auf.
Doch die Entfernung wuchs von Augenblick zu Augenblick.

Endlich kamen die Jungs bei Amys Verwandten zu stehen, doch es reichte nur noch für ein entferntes Winken.
Amys Onkel war verwirrt. >>Wo wart ihr?<<
Franz beobachtete Peter - der noch weitere 20 Schritte ging - und antwortete. >>Anthony sagte: Treff, 11:30 Uhr im Hafen.<<
Anthony schoss dagegen. >>Ich sagte Abfahrt, 11:30 Uhr.<<
Er wies auf das Schiff. >>Seht ihr doch.<< Franz drückte die Augenbrauen. >>Warum lügst du?<< Anthony murrte.
>>Es ist untersagt, als angehender Marineoffizier zu lügen.<<

Amys Tante wies die Jungs in die Schranken. >>Beruhigt euch.<<
Doch Anthony stichelte. >>Hey, deine Mutter ist doch damals schwanger mit euch beiden im Bauch...<< Er veränderte den Ton. >>...mit diesem Kraut nach Hamburg durchgebrannt, um ein Deutsches Fräulein zu werden.<< >>Du schimpfst meinen Vater einen Kraut?<< Anthony genoss es. >>Hat sie euch nicht beigebracht, als Deutscher pünktlich zu sein?<<
Franz zürnte. Doch Amys Tante ging erneut dazwischen.
>>Ruhe jetzt. Es ist nicht mehr zu ändern.<<
Von alledem, bekam Peter 20m weiter nichts mit. Er versuchte nur auf die Entfernung hin, Amy noch einmal auszumachen.

Gesättigt lehnte sich Peter in Hamburg am Abendtisch zurück, sein Bauch war rund und voll. Und erst jetzt bemerkte er die Blicke seiner Eltern und den Blick von Franz.

>>Was ist?<< wollte er wissen. Die Familienangehörigen schmunzelten, woraufhin die Mutter einen Brief für Peter hervorzauberte und diesen über den Tisch hin zu ihrem Sohn schob. Überrascht nahm Peter den Brief in die Hand, um auf der Rückseite den Absender zu ermitteln.

>>Es ist Amy!<<

Mit leuchtenden Augen erhob er sich...und verschwand die Treppe hinauf in sein Schlafzimmer.

Herzerfreut wollte er gleich eine Zeile nach der anderen verschlingen...doch seine Gesichtszüge verfielen.

Lieber Peter,
wo warst Du?

Warum seid Ihr beide so spät gekommen?
Du hast mich enttäuscht.
Hast die Situation am Tag zuvor einfach nur ausgenutzt.

Kaum hatten wir beide einen wunderschönen Abend, an dem ich...
...ich glaube, mich beinahe in dich verliebt hätte...
...enttäuscht Du mich derart, dass ich nun nicht mehr weiß was ich denken soll.

Alle waren pünktlich.
Und ich befürchte - so wie es Anthony warnend mitteilte - Du spielst uns allen nur was vor: den Stillen und Schüchternen.

Alle waren pünktlich. Und natürlich auch Anthony, dem ich - so glaube ich allmählich - mehr vertrauen sollte als Dir.

Und er war es, der mir vor allen anderen einen Abschieds- kuss gab. Vielleicht aber hätte ich diesen von Dir erwartet.

Wie dumm stand ich da?

Anscheinend ist auf Euch in Deutschland, so wie es Anthony aussprach, wirklich kein Verlass.

Amy

Peter war geschockt. Er traute dem Gelesenen nicht.
Er hatte einen völlig anderen Inhalt erwartet.

Franz klopfte und bemerkte durch die geöffnete Tür den enttäuschten Gesichtsausdruck seines Bruders.
Peter bat ihn hinein. >>Franz,...das musst du lesen.<<

Noch am gleichen Abend machte sich Peter daran, ein Antwortschreiben zu verfassen.

Liebe Amy,
die Antwort ist nein.

Nein, ich wollte Dich nicht enttäuschen oder gar verletzen.

Anthony sagte zu Franz, Treff 11:30 Uhr.
Es war keine Rede von, Abfahrt 11:30 Uhr.

Und die Antwort ist: nein, ich nutze keine Situation aus.
Das solltest Du wissen.

Und Du sollst wissen, dass es schmerzt zu erfahren, dass er
Dich zum Abschied vor allen anderen extra geküsst hat.
Mehr Flagge zeigen im Revier geht nicht.

Ich kann das alles noch immer nicht glauben.
Und so stellt sich für mich die Frage, ob Du diesen Kuss
erwidert hast?

Peter

In tiefen Gedanken faltete Amy den Brief in ihrem Schlafzimmer zusammen - und sie war sichtlich durcheinander und unentschlossen: was entsprach denn nun der Wahrheit?

Erst nach einem längeren Augenblick setzte sie sich im Nachthemd an ihren Schreibtisch und begann zitternd zu schreiben.

Lieber Peter,
vier Wochen nachdem ich Dir geschrieben habe, ist heute Dein Brief bei mir eingegangen. Jeder Brief benötigt also zwei Wochen.

Und ich bin überrascht: denn in Deinem Brief behauptest Du - entgegen dessen was geschehen ist - etwas anderes.

Doch durch weiteren Briefkontakt - ebenfalls hin zu Anthony - ist mir klar geworden, man kann ihm vertrauen. Er würde so etwas nicht tun.

Es steht also Aussage gegen Aussage.
Und zu spät kommen und angebliche falsche Zeitangaben auf Anthony abzuschieben, ist nicht fair.

Wem und was soll ich glauben?

Ich schenke in dieser Angelegenheit nur mir den Glauben und dem was ich gesehen habe: Du warst nicht da.

Amy

Peter hielt in Hamburg am Küchentisch den Brief in den Händen. Seine Augen waren feucht: was für eine Enttäuschung. Verärgert zerknüllte er den Brief und warf ihn in die Ecke.

Es war eigentlich ein wunderschöner Tag mit dichtem Schneefall, der den Hamburger Hafen in ein weißes Kleid hüllte, während sich zeitgleich einzelne Barkassen durch den regen Schiffsbetrieb des Hafens schlängelten. Doch Peter konnte dick eingemurmelt auf einer Bank am Kai sitzend - unter einer der überdachten Haltestellen der Barkassen für die täglichen Pendler - dieses Schauspiel überhaupt nicht genießen: denn immer noch dachte er an Amy.

Dann legte er enttäuscht seinen Schulranzen als Unterlage auf den Schoß - und begann damit einen erneuten Brief zu verfassen.

Liebe Amy,
mittlerweile sind sechs Monate vergangen.

Nach Deinem letzten Brief, hatte ich einfach kein Verlangen mehr danach Dir zu schreiben.

Doch komischerweise ist da etwas, das mich antreibt.

Ich habe viel nachgedacht. Du glaubst dem was geschehen ist...und den Worten von Anthony. Dagegen kann ich zum jetzigen Zeitpunkt nicht ankommen. Vorerst. Und es schmerzt.

Hier geschieht einiges: als Elbfischer hat Vater immer mehr schlechte Fangquoten. Leider. Es kann sein, dass wir im kommenden Sommer Grandpa nicht besuchen werden. Kein Geld. Das würde ebenfalls sehr schmerzen.

Dafür erscheint Franz seit einiger Zeit immer öfter mit glühenden Augen zu Hause. Wöchentlich trifft er sich mit neuen Freunden, die sich politisch engagieren.

Und so ist auch er der Hitlerjugend beigetreten. Im Herbst im Zeltlager der Hitlerjugend *hatte man ihn den Funkern zugeteilt...und eine neue Leidenschaft ist in ihm entfacht. Denn es ist ihnen gelungen, nicht nur bis nach Polen zu hören, sondern sie haben sogar direkt mit Funkbegeisterten in London gesprochen.*

Apropos, miteinander sprechen: Ich möchte Dich wieder sehen. Deine Stimme hören. Und einiges klarstellen.

Peter

PS
Du bist in Deinem Brief nicht auf meine Frage eingegangen: hast Du den Kuss im Hafen erwidert?

Sie saß im Stadtpark einer Großstadt und faltete den Brief in tiefen Gedanken zusammen. Leise entwich ihr ein Hauch eines schweren Gefühls. >>Nein. ...habe ich nicht.<<

Erst am späten Abend, mit dem Blick vom Balkon der Stadtwohnung ihrer Eltern auf die beleuchtete Skyline der Großstadt, vermochte Amy ihre Gedanken an Peter so zu ordnen, dass sie endlich den Mut fand, sich in ihr Schlafzimmer zu setzen und ein Antwortschreiben zu verfassen.

Lieber Peter,
natürlich denke ich auch an Dich.

Doch sollten wir, solltest Du, realistisch bleiben.
Ich hatte in meinem 1. Brief geschrieben, ich glaubte mich
beinahe in Dich verliebt zu haben. Das solltest Du nicht
vergessen.
Außerdem war es nur eine Nacht ... ein einziger Kuss.

Peter hauchte. >>Aber er war einzigartig. Und er kam von dir.<<

Natürlich wünsche ich mir, Ihr könnt kommen und wir sehen
uns in diesem neuen Jahr, wie immer in Ende August, in Swansea
wieder. Doch steigere Dich nicht in etwas hinein, was nicht
funktionieren wird.

Du lebst im Deutschen Reich ... und ich in Amerika.
Und im Gegensatz zu Dir, schreibt Anthony regelmäßig.
Er ist sehr aufmerksam.

Amy

PS
Endlich hat Daddy mein Flehen erhört und hat mir zu meinem
Geburtstag einen Rundflug geschenkt: ich bin geflogen.
Es war sehr aufregend. Ein Traum ist in Erfüllung gegangen!

Peter faltete den Brief in seinem Zimmer zusammen - und
man sah ihm an, er war arg enttäuscht. Hoffnungslos blickte
er aus seinem Zimmer hinaus auf den Hamburger Hafen:
der Frühling kam über Deutschland hinein.

- - -

Warm überflutete die Sonne Ende August 1934 den Hafen von Swansea.

Peter und Franz betraten mit der Mutter von der Gangway ihres Frachters den Kai und wurden bereits von ihrem Grandpa erwartet.

Um die Ecke erschienen die Mädchen - und überschwänglich fielen sich die Teenager in die Arme. Wobei Amy und Peter irgendwie nicht wussten, wohin mit ihren Blicken.
Pam hingegen freute sich derart Franz wiederzusehen, dass sie ihm gleich ein zweites Mal um den Hals fiel.
Aber zwischen Amy und Peter schien einiges weiterhin nicht geklärt zu sein - und die Mädchen bemerkten es. Daraufhin nahm Mary-Anne das Zepter in die Hand: denn heute ging es darum den Tag zu genießen. >>Auf geht´s, zum Strand!<< lachte sie - und führte die Gruppe an.

Die Jungs blickten zu ihrem Grandpa und ihrer Mutter.
Der bärtige Großvater lachte in seinem Seemanns Rollkragenpullover - den er trotz des herrlichen Tages trug - und gab von seinem Fuhrwagen aus dem Pferd einen Klaps.
Mit den Koffern beladen rollte der Wagen los.

Am Strand der Atlantikküste, genossen sie bis in den frühen Abend hinein am Lagerfeuer sitzend die Ruhe und das tolle Gefühl endlich wieder vereint zu sein.

Wie immer hatte Mary-Anne die aktuellsten Neuigkeiten parat und endete mit einer Erklärung. >>...und so hat er sich: zu seiner Disziplin, Entschlossenheit und eigenen Strenge, irgendwie noch mehr verändert.<<

Sie schaute durch die Runde, um dann fortzufahren.

>>Seit einigen Monaten überquert er nur noch mit dem Drill eines preußischen Offiziers die Straßen, weil er es geschafft hat, mit seiner Beharrlichkeit - in Unterstützung seines Onkels - mit 15 Jahren bereits eine Kadettenakademie zu besuchen.<<

Franz und Peter staunten, während Pam sich an Franz lehnte.

>>Anthony strebt die ganz große Karriere an.<< Sie blickte zu Franz. >>Einfache Elbfischer tun´s aber auch.<<

Mary-Anne las zwischen den Zeilen...schaltete...und ließ ihren Blick flüsternd zu Monica wandern. >>Monica...<<

Sie wartete auf Monicas Blick. >>...wir sind überflüssig.<<

Monica kapierte nicht so ganz, woraufhin Mary-Anne nochmals einen fordernden Blick abgab. Erst jetzt verstand Monica und erhob sich gemeinsam mit Mary-Anne.

Beide verabschiedeten sich und gingen.

Wortlos saßen Franz mit Pam, und Peter mit Amy am Lagerfeuer und genossen den Augenblick.

Kurz darauf bemerkte Franz die Blicke seines Bruders hin zu Amy. Und er wusste, die beiden hatten heute noch keine Sekunde gehabt um sich auszusprechen.

Franz nahm daraufhin Pams Hand und erhob sich mit ihr.

Wortlos verschwanden sie einfach im Dunkel des Strandes.

Im Lichte des Lagerfeuers blickten sich Peter und Amy weiterhin schweigend an: beide hatten so sehr und so lange auf diesen Augenblick gewartet. Und deutlich fühlte Peter, dass Amy trotz all dem Geschehenen und Geschriebenen ebenso empfand.

Weiterhin bedurfte es keines Wortes, bis Peter es jedoch nicht mehr aushielt.

Er sammelte seinen Mut, kam ihr langsam näher...

...und küsste sie endlich.

Leidenschaftlich erwiderte sie diesen Kuss, auf den sie ebenso lange gewartet hatte. Und kaum legten sie sich im Sand nieder und verfielen einem weiteren innigen Kuss, musste sie unterbrechen. >>Warte.<< Sie kam mit dem Oberkörper wieder hoch. Er ebenso. >>Du willst darüber sprechen.<<

Amy nickte. >>Ja. Denn so wie es jetzt ist, ist es nicht richtig. Seit einem Jahr.<< Peter verstand und versuchte zu erklären. >>Amy. In all den Jahren, haben wir beide uns nicht ein einziges Mal gestritten. Und ich will es auch jetzt nicht. Doch du musst mir glauben, dass wir im letzten Jahr von Anthony hinters Licht geführt worden sind.<< Sie widersprach. >>Was redest du? So etwas hat er nicht nötig.<<

Peter entgegnete. >>Hat er nicht nötig? Er will dich.<<

Amy versuchte vermittelnd darauf einzugehen. >>Ich mag ihn. Aber zwischen ihm und mir, ist es anders als zwischen dir und mir. Und das weiß er.<< Peter sah, dass sie es nicht kapieren wollte. >>Blödsinn, er ist hinter dir her. Und er kämpft mit allen Mitteln: besonders den unfairen.<<

Amy verteidigte. >>So etwas kannst du nicht sagen.<<

Peter blieb hart. >>Er spielt dir was vor.<<

Sie wollte es nicht glauben. >>Er ist ehrlich und aufrecht.<<

>>Schauspielerei.<< entgegnete er. >>Und du fällst drauf rein.<<

Sie wollte es nicht wahrhaben. >>Wie bitte?<< Sie stand auf.

>>Du solltest dir überlegen, was du über Anthony sagst.<<
>>Die Wahrheit.<< unterstrich er. Und erhob sich ebenso.
Sie keifte. >>Wahrheiten klingen anders.<<
Peter musste weiter hart bleiben. >>Er verdreht Wahrheiten.
Du bemerkst es nur nicht.<< Sie traute ihren Ohren nicht.
>>Ich? So etwas nicht bemerken?<<
Er punktierte, er musste. >>Weil - er - es - geschickt - tut.<<
>>Ich sagte, es reicht.<< sprach sie verärgert.
Doch Peter geriet in Rage. >>Ich fang gerade erst an.<<
Sie wollte es nicht mehr hören. >>Zerstör es doch nicht.<<
>>Was?<< zürnte er. >>Das, was wir beide gar nicht hatten?<<
>>Ja! Nein! Das jetzt. Hier.<< Sie geriet durcheinander.
Doch er blieb hart. >>Er zerstört es.<<
>>Er ist gar nicht hier. Du zerstörst es.<< zischte sie. Was
sie so gar nicht wollte. Woraufhin ihre Augen feucht wurden.
>>Verdammt, Peter. Halt doch deinen Mund.<<
>>Du wolltest reden.<< >>Du zerstörst es.<<
>>Ich zerstöre gar nichts. Du bist damit angefangen.<<
>>Ich?<< >>Du hast...<< Er stockte. >>...diesen Augenblick,
unseren Kuss gerade unterbrochen.<<
Ihre Augen unterliefen rot. >>Weil wir reden müssen.<<
>>Wir reden nicht: du streitest.<<
>>Ich?<< >>Du.<<
Sie keifte zurück. >>Weil du es zerstörst.<< >>Er! Nicht ich.<<
Amy reichte es. >>Halt deinen Mund. Du machst alles kaputt.<<
Sie blickte... >>Lass mich in Ruhe.<< Und tat erste Schritte.
Sie wollte nur noch weg. Er kam ihr nach. >>...Amy.<<
>>Lass mich. Ich will nach Hause.<< Sie eilte weiter.
Doch er hielt sie. >>Amy.<< >>Lass mich!<< >>Hey, ich...<<
Sie zürnte. >>Zu spät. Du hast es kaputt gemacht.<<
Er hielt sie weiterhin...blickte...und wollte sie küssen.
Doch sie verpasste ihm im Reflex eine Backpfeife - und
verschwand im Dunkel des Strandes.

Enttäuscht eilte Amy im Dunkeln auf das kleine Häuschen ihrer Verwandten zu. Und kaum wollte sie die Eingangstür ergreifen, wurde sie aus dem Schatten des Nachbarhauses angesprochen. >>Amy...<<

Sie blickte zurück - und tat sich schwer die Person zu erkennen.

Mit geschultertem Seesack trat die Person dann ins Mondlicht vor. >>Anthony.<< entwich es ihr. Anthony trat in echter Kadettenuniform über die Kopfsteinpflasterstraße auf sie zu...bemerkte aber von Schritt zu Schritt, dass sie hin und her gerissen war, sich zu freuen oder nicht.

Aufgesetzt lächelte er. >>Ja. Ich bin's.<< Um fortzufahren. >>Die besten Kadetten unseres Jahrganges dürfen ausnahmsweise die Marineakademie verlassen.<<

Er hob den Finger. >>Aber nur übers Wochenende.<<

Er trat näher. >>Also hab ich mich in den letzten Monaten angestrengt. Ist doch klar, dass ich alles tun werde, um von London aus, zu deinen Ferien hierher zu kommen.<<

Sie war beeindruckt. >>Du musst den ganzen Tag unterwegs gewesen sein.<< >>Bis gerade eben.<< bestätigte er. Nicht ohne Stolz. Und setzte den schweren Seesack ab.

>>Aber dich zu sehen, ist es wert.<<

Sie begriff. >>Du warst noch nicht einmal zu Hause? Du bist verrückt.<< >>Nach all deinen Briefen?<< >>Jetzt übertreib nicht.<< Anthony hielt extra inne und betrachtete sie: unglaublich, wie sie nach so langer Zeit wahrhaftig und endlich wieder vor ihm stand.

Verlegen wusste auch sie nicht, was sie sagen sollte. Woraufhin Anthony mit ausgebreiteten Armen eine Geste tat, er wolle sie umarmen. Sie kam dieser fordernden Anordnung nach. Und ihm war es anzusehen, wie sehr er diesen Augenblick, diese Umarmung ersehnt hatte.

Sich selbst zwingend löste er diese Umarmung und kämpfte irgendwie mit einem gekünstelten Lächeln.

>>Whow. Und wie du dich in einem Jahr verändert hast.<< Amy verwies auf seine Uniform. >>Schau dich erst einmal an.<< Er nutzte dieses Silbertablett. >>Ich bin stolz drauf. Richtig stolz.<< Seine Augen begannen zu glühen. >>Weißt du, der Zusammenhalt bei der Royal Navy, ist bedeutend größer als bei den anderen Armeeeinheiten. Die Männer der Navy...<< Er zeigte es mit seinem Daumen und Zeigefinger. >>...halten *so* dicht zusammen. Wir sind jetzt schon, praktisch schon richtige Kameraden. Kameraden, die für den anderen durchs Feuer gehen. Die selbst den Seemannsfeind retten wenn er in Not ist: weil er ein Seemann ist.<<

Amy nickte beeindruckt, während er mit leuchtenden Augen wie ein Wasserfall weitersprach. >>Und, wir haben wahrhaftig den Prince of Wales gesehen. Er persönlich kam zu unserem Treueschwur, und...-...ach, ich hatte es ja alles geschrieben.<<

Sein Blick steigerte sich. >>Aber weißt du, wie es klingt, wenn 1000 Mann gleichzeitig ihren Schwur abgeben?<< Er gab selbst die Antwort. >>Du weißt es nicht, du bist eine Frau. Doch es vibriert ganz tief in dir. Es vibriert richtig. Ganz tief in dir. Da kriegst du eine richtige Gänsehaut. Und instinktiv merkst du und weißt du, dass der Kamerad an deiner Seite...<< Er hielt inne. Er bemerkte, dass er sie vollquatschte.

>>Entschuldige.<< Er brachte sich wieder unter Kontrolle. >>Mein Ziel ist Die Hood. Da kommen nur die Besten hin. Wenn überhaupt. Und...<< Er musste sich erneut bremsen. Rasch ging er auf sie ein und versuchte einen Satz zu korrigieren. >>...und das mit - du bist eine Frau - tut mir leid.<<

Sofort versuchte er mit einem weiteren Nachhaken seinen Hals zu retten. >>Aber was ist mit dir? Dein Gesichtsausdruck? Du scheinst nicht glücklich zu sein.<< Gekünstelt wollte er aufheitern. >>Du hast Ferien. Deine Eltern sind ebenfalls in Swansea. Alles ist gut.<<

Sie horchte auf: woher wusste er, dass ihre Eltern hier waren? Er war doch gerade erst gekommen. Er bemerkte den fragenden Blick. >>Ähm. Das deine Eltern hier sind, hatte ich im Pub mitgekriegt. McGallator, der Vater von Carol, erzählte es.<<

Amy drückte eine Augenbraue. >>Seit wann gehst du in Pubs?<< Er verkroch sich hinter einer Floskel. >>Ich bin nun ein Mann. Männer halten sich in Pubs auf.<< schwitzte er. >>Aber was ich noch Fragen wollte...<< Er haderte. >>...bist du eigentlich schon mal wieder, äh, geflogen?<<

Sie spürte das Ablenkungsmanöver: was sollte das?

Selbstverständlich aber versuchte sie nett zu sein.

Doch die Erinnerung des Streitgespräches mit Peter machte es ihr schwer - des Anstandes wegen - kurz vor Mitternacht auch noch eine plätschernde Konversation zu führen.

>>Ja, mehrfach.<< sprach sie nur.

Er bemerkte ihre Stimmung und sogleich suchte er in der Beendigung des Gespräches sein erneutes Heil. Auf das er so, seines aufdringlichen Auftretens, aufrecht aus dieser Situation wieder heraus kam. >>Okay... ...ich sehe, du bist müde. Sicherlich hattest du einen anstrengenden Tag.<<

Sie wusste, dass es nicht ehrlich war.

Ließ sich aber nichts anmerken.

Rasch nahm er ihr weiteren Wind aus den Segeln. >>Ich gehe.<<
Amy tat es leid. >>Sorry. – Ich freue mich, dich zu sehen.
Doch...mir ist gerade nicht so gut.<<
Anthony setzte sein Lächeln auf. >>Kein Problem.<<

Er wiederholte die Geste mit den ausgebreiteten Armen.
Sie mühte sich diese Umarmung erneut zu erwidern.

Und nochmals versuchte er diese Sekunde zu genießen, diese
Sekunde ganz tief in sich aufzunehmen. Und am liebsten
hätte er sie mit einem zärtlichen Kuss an ihrem Hals liebkost.
Doch er verbot es sich selbst.
Nochmals blickten sie sich an und verabschiedeten sich:
stumm - und irgendwie verlegen.

Sie öffnete die Tür, trat ein...und wusste, dass sie Anthonys
fordernden Blick nochmals mit einem Lächeln begegnen
musste.

In Schrittgeschwindigkeit fuhr am nächsten Tag ein Oldtimer-cabriolet durch den Ort.

Anthony wurde von seinem Vater, fein gekleidet und in Uniform da sitzend, wie ein Vorzeigeobjekt chauffiert.

Und in der Tat: immer wieder mussten sie anhalten und im Smalltalk den Einheimischen Rede und Antwort stehen, um dann erst weiterfahren zu können.

Bis in den Hafen hinein genoss auch der Vater mit der Zigarre in der Hand die Situation, während er einem einfachen Fischer und seinem schüchternen schmächtigen Sohn antwortete.

>>...er wird in die Fußstapfen meines Bruders treten.<<

Er blickte Anthony stolz an. >>Und er wird Karriere machen.<<

>>Ich hörte es bereits.<< Gab der einfache Fischer zu verstehen. Er wandte sich an seinen schmächtigen Sohn. >>Er ist einer der Besten.<< Er blickte wieder zu Anthonys Vater.

>>Und was sagt die Gattin?<< Anthonys Vater brüstete sich. >>Einer der Besten, das ist er in der Tat. Und meine Frau? Nun ein jeder weiß: Männer führen Kriege, Frauen stehen am Herd.<<

Daraufhin entdeckte Anthony vom Wagen aus, Franz und Peter, die am Hafenpier angelten. Noch verfolgte er den Smalltalk seines Vaters mit dem einheimischen Fischer, doch schweifte sein Blick immer wieder hinüber zu den beiden Brüdern.

Franz schaute auf die Uhr, sprang plötzlich auf, holte seine Angel ein...und rannte davon.

Peter blickte ihm nach, was war los?

Franz schwärmte, dass er sein Date mit Pam vergessen hatte.

Anthony beobachtete dies und fackelte nicht lang: er ent-schuldigte sich bei seinem Vater und schwang sich aus dem Auto.

Entschlossen tat er seine Schritte von hinten auf Peter zu, um erst direkt hinter ihm gekünstelt dessen Namen auszusprechen.

>>Peter Hinrichsen.<< Peter blickte zurück.

Anthony höhnte gleich weiter. >>Der Sagenumwobene.<< Peter war vorgewarnt durch den Ton…und das was in der Vergangenheit vorgefallen war.

Anthony spielte sein Spiel. >>So sieht man sich wieder.<< Peter ließ sich nicht darauf ein. Er wusste, Anthony war gefährlich.

Anthony tat überheblich und unantastbar. >>Was soll ich sagen? Lange nicht gesehen. Es ist viel passiert.<< Doch Peter zuckte nicht einmal mit der Wimper.

Anthony bemerkte es und triezte weiter. >>Wolltet ihr nicht immer zur Marine? Ich bin jetzt bei der Royal Navy. Und sie machen mich zu einem richtigen Seema...<<

>>**Franz** will zur Marine.<< unterbrach Peter. >>Ich zur christlichen Seefahrt. Das ist ´n Unterschied. - Und du: du bist auf der Kadettenschule und ihr segelt in Segelbötchen auf ´nem Ententeich. Mich kannst du in deiner Uniform nicht täuschen.<<

Anthony kochte: wie konnte Peter es wagen?

>>Hey! Sie bilden mich aus zum Marine-Artillerieoffizier! Also ein bisschen mehr Respekt vor der Royal Navy.<< Peter kam zum Punkt.

>>Wenn du mehr Respekt vor der Wahrheit zeigen würdest.<< Anthony fauchte. >>Vorsicht!<<

Peter sprang auf. >>Das sag ich auch!<<

Anthony explodierte beinahe. Doch er hielt sich unter Kontrolle - und veränderte gemein seinen Gesichtsausdruck.

>>Weißt du...<< Er hielt inne, um argwöhnisch seinen Schachzug zu zelebrieren.

>>Verwandtschaft zweiten Grades ist stärker als alles andere.<<

Genussvoll klärte er auf. >>Besonders gegenüber deinem Traum: du kannst bei Amy landen.<< Nun war es also raus.

>>Endlich hast du den Mumm, es auszusprechen.<< konterte Peter. Anthony genoss es, weiterhin Aug in Aug.

>>Du hast Angst, dass du sie nicht kriegst.<<

>>Diese Angst hast du.<<

Anthony verwies auf Erlerntes. >>Mit das Erste, was wir auf der Akademie lernen, ist, aufrecht für Vaterland und Ehre zu kämpfen.<< Vom Erfolg überzeugt, lobpreiste er sich selbst.

>>Und ich kämpfe um Ehre. Die Ehre einer jungen Frau.<< Er grinste. >>Da es keine direkte Blutsverwandtschaft gibt.<<

Dies traf Peter. >>Du bist ein verlogener Lügner.<<

Blitzartig ergriff Anthony Peter. >>Verlogener Lügner?<< Peter riss sich los. >>Das bist du! Immer wieder! Und besonders mit dieser Nummer jetzt: mit Verwandtschaft zweiten Grades. Aber dennoch ist es keine direkte Blutsverwandtschaft. Du legst dir alles so, wie es dir passt.<<

Anthony spottete. >>Ihr Möchtegern deutschen Halb-Engländer.<< Er spuckte. >>Seid hier geduldet. Nicht erwünscht.<<

Peter blieb standhaft. >>Du bist ein Lügner.<<

Doch Anthony grinste plötzlich einfach nur auf...

...und zelebrierte. >>...*aber*: Amy glaubt mir.<<

Danach plusterte er sich auf wie ein Hahn, um knallhart etwas klarzustellen. >>Denn es gibt keine Regeln, im Kampf um Liebe. Und ich kämpfe mit allem was ich kriegen kann.<<

>>Du hast keine Chance.<< entgegnete Peter.

Gern holte Anthony grinsend zum Gegenschlag aus.

>>Wieso? Läuft doch hervorragend für mich...<<

Er unterbrach. Denn sein Vater rief aus der Entfernung herüber. Erst danach sprach er weiter, um Peter das Kreuz zu brechen.

>>...nach einer solchen Abfuhr für dich gestern Nacht.<<

Er stupste ihn absichtlich.

Peter taumelte zurück. Perplex:

Woher wusste Anthony davon?

Nun stupste er ihn.

Anthony reagierte mit einem Faustschlag.

Und sogleich kam es zum Schlagaustausch.

Als der Vater dies sah, schwang er sich aus seinem Automobil und rannte sofort auf die beiden Streithähne zu, um sie zu trennen.

Mit Schrammen im Gesicht betrat Peter am Abend das Fischerhaus seines Großvaters. Wortlos erwarteten ihn bereits seine Mutter, Grandpa und Franz. Was war los? Der Grandpa zog ein letztes Mal an seiner Pfeife, legte sie zur Seite und übergab Peter ein Telegramm.

In der Abenddämmerung eilten die Jungs mit ihrer Mutter im Hafen auf den deutschen Frachter zu, der wöchentlich zwischen beiden Ländern pendelte. Normalerweise wäre er bereits vor der Mittagszeit abgefahren, doch es gab Maschinenprobleme, die es erst jetzt am Abend erlaubten, die Kessel unter Feuer zu setzen.

Und bereits kurze Zeit später verabschiedeten sie sich winkend vom auslaufenden Postschiff aus von ihrem Großvater.

Und keines der Mädchen war im Hafen mit anwesend.

Alles musste so schnell gehen, dass Peter erst von Hamburg aus Amy gegenüber in einem Brief alles erklären konnte.

Liebe Amy,
es war schmerzhaft, doch wir erhielten ein Telegramm:
unsere liebe Großmutter väterlicherseits lag in Hamburg
im Sterben.

Es war schmerzhaft,
denn wir mussten - um sie noch einmal sehen zu können -
direkt mit dem deutschen Postdampfer Swansea verlassen.

Es war schmerzhaft, da ich mich nicht mehr von Dir verabschieden konnte. Nach unserem Streit.

Peter

Amy saß in Amerika zu Hause, wie immer mit dem Blick auf die Skyline ihrer Stadt und hatte den Brief gelesen. Sogleich antwortete sie.

Lieber Peter, das mit Deiner Großmutter tut mir leid.

Ich erfuhr es noch am gleichen Tag, abends vom Postboten. Er weiß ja, dass wir alle miteinander befreundet sind.

Und in der Tat, es schmerzt ebenfalls, dass wir uns nicht mehr haben aussprechen können.

Es schmerzt, da ich Dir nicht habe sagen können, wie sehr ich darüber enttäuscht bin, wie Du Anthony zusammen-geschlagen hast!

Und es schmerzt, Dir mit diesem Brief mitteilen zu müssen, dass es gut ist, dass ein ganzer Atlantik zwischen uns liegt.

Es schmerzt, doch ist es wahrscheinlich besser, dass wir uns wohl niemals wieder sehen.
Denn solch ein Verhalten finde ich unmöglich - und ich kann und werde es nicht tolerieren: das ganze Gesicht war grün und blau. Selbst eine Rippe war angebrochen.

Und es passt genau in die Schublade, von welcher Anthony einst sprach: Du spielst uns allen etwas vor.

Wie konnte ich Dich nur so nahe an mich heranlassen? Waren wir nicht von klein auf, alle einmal Freunde?

Amy

Peter traute zu Hause dem Gelesenen nicht.
Sogleich erhob er sich aus seinem Bett und eilte in den Flur
hinein. >>Franz...!<<

Noch in der gleichen Nacht machte er sich daran zu antworten.

Amy,
was ist denn nun los?

Ich soll ihn grün und blau geschlagen haben?

Er ist angefangen!
Er schlug zuerst.

Ich habe mich nur verteidigt.
Nicht ein einziges Mal habe ich auf seine Rippen geschlagen.
Und innerhalb kürzester Zeit hat sein Vater uns getrennt.

Überleg mal, vielleicht gibt es in Swansea noch andere Jungs
die mit seiner Art nicht klar kommen.

Außerdem wusste er von unserem Streit am Strand.
Du musst ihm davon erzählt haben.

***Das** finde ich unmöglich!*

Peter

Amy saß auf einem Flugfeld vor einer Holzbaracke auf einer Wartebank. Über ihr war ein hölzernes Schild mit der Aufschrift - *Rundflüge* - angebracht.

Sie haderte in Gedanken:
- was war denn nun los?
- wem sollte sie glauben?

Ihr Vater - der weiter ab, mit einem Piloten vor einem Flugzeug stand - riss sie rufend zurück in die reale Welt, sie möge bitte kommen.
Sie gab Zeichen - und nickte.
Doch benötigte sie noch zwei Sekunden, um dann erst in tiefen Gedanken Peters Brief zu falten.
Benommen erhob sie sich.
Und ging auf das Flugzeug zu.

In der Nacht überkam ihr dann das Verlangen, Peter zu schreiben. Denn so, wie es war, konnte es nicht bleiben.
Sie kroch aus dem Bett - und setzte sich an ihrem Schreibtisch.

Peter,

ich kann nicht glauben, was Du behauptest:
ich habe ihm nichts von uns am Strand berichtet.

Irgendwer muss es am Strand mitgekriegt haben ... und hat
es dann im Pub oder sonst wo auf der Straße erzählt.

Anthony hat seine Eigenarten, doch ist er viel zu geradlinig um...

(Sie überlegte)

...nein, er würde mir niemals nachstellen.
Niemals.

Er war zu diesem Zeitpunkt übrigens noch gar nicht in
Swansea.

(Sie haderte, ihre Hand zitterte.)
(Sie überlegte: war es wirklich so?)
(Sie kam zu einer Entscheidung.)

Ich habe es allmählich satt, zwischen zwei Kampfhähnen zu
stehen.

Mehr und mehr bin ich verunsichert, wem oder was soll ich
glauben?

Also habe ich keine Kosten gescheut - und ihm heute ein
Telegramm zu seiner Akademie geschickt. Und er schrieb
zurück, er weigert sich, auf solch einen Unsinn von Dir zu
antworten.

Wie lange soll das noch so gehen?
Ich möchte das alles nicht mehr.

Ich will meine Ruhe.

Amy

Peter starrte auf den Brief und begann zu zweifeln:
- was sollte das alles noch?
- es gab nur noch Probleme mit Amy.

In Gedanken ging er in seinem Schlafzimmer auf und ab.
Es wurmte ihn sehr.
Besonders der Tatbestand, dass sie Anthony extra per Telegramm kontaktiert hatte. Was für Ausmaße. Das muss ihr richtig Geld gekostet haben. Und zudem, musste es Anthony noch mehr gegen ihn auf die Palme gebracht haben.

Und mehr und mehr wurde ihm klar: egal was geschehen war, egal was er tat - sie glaubte ihm einfach nicht.
Folglich begann er, langsam keinen Sinn mehr in der ganzen Sache zu sehen. Wobei ihm verärgert ein Satz entwich.
>>Ja. Vielleicht ist es besser so... ...das mit dem Atlantik.<<

- - -

Zusammengekauert lehnte Peter im Führerhaus des Krabben-
kutters seines Vaters am Ruder, während sie im Hamburger
Hafen am Fischmarkt lagen. Es war kalt und die Schnee-
flocken blieben an den Scheiben hängen.
Der Vater entlud mit Franz nur halbleere Kisten Fisch, die
sie einem Händler auf dem Pier angaben.
Fröstelnd vertiefte sich Peter, mit Handschuhen an, in einen
weiteren bereits abgegriffenen Brief von Amy.

Lieber Peter,
zwei ganze Jahre sind vergangen: jetzt haben wir sogar 1936

Und nach dem, was vorgefallen ist, hatte ich einfach kein
Verlangen mehr danach Dir zu schreiben.

Doch komischerweise ist da etwas, das mich antreibt.
Du kennst diesen Satz.

In diesem Augenblick sitze ich das erste Mal mit einem Pilo-
ten in einem Segelflugzeug. Beinahe zwei Jahre lang musste
ich meinen Traum vom Fliegenlernen verschieben, sprich:
älter werden. - Mum und Dad hatten es verlangt. Seit Jahren
bereits drücken sie es immer wieder vor sich hin.
Nun hoffe ich, dass ich irgendwann nach der Schule jobben
kann, um Geld für richtige Flugstunden zu verdienen.
Und dieses lautlose Gleiten durch den Wind, dieses Fliegen
...es ist wunderschön.
Und dann der Blick nach draußen...hinaus auf den Atlantik,
jetzt im Abendlicht. Und sogleich war mir danach: ich schreibe
dem Peter, da hinten, irgendwo auf der anderen Seite dieses
Atlantiks. Dem Peter, der seit zwei Jahren nicht mehr mit seinem
Bruder in Swansea aufgetaucht ist.

Ich bin besorgt: um Euch. Um Eure Familie.
Und ich bin besorgt: sind wir noch im Streit?
Amy

Eine Woche später saß Peter auf den Stufen vor dem Elternhaus am Hamburger Hafen. Er beobachtete seinen Vater. Denn dieser stand mit Franz am Pier und blickte dem Kutter hinterher, der weggeschleppt wurde.

Peters Gedanken kreisten.

Dann kramte er aus seinem Wintermantel Amys Brief hervor - den er noch immer bei sich trug - und hielt ihn in seiner Hand.
Er war verunsichert:
- ja, er freute sich über diesen Brief.
- doch die Vergangenheit war nach wie vor schmerzhaft.

- - -

Eines Nachts konnte Peter nicht mehr schlafen.
Gerädert machte er sich auf und schrieb einen erneuten Brief.
Franz bemerkte es im Bett liegend gegenüber.

Amy, Du willst wissen, ob wir noch im Streit sind?

Nun, ich war überrascht, einen solchen Brief von Dir in den Händen zu halten. (Und selbst das, liegt schon wieder ein ganzes Jahr zurück. Also siehst Du, dass ich nicht unbedingt der Meinung war Dir direkt zu antworten.)

Wir haben 1937. Vater hat den Kutter im letzten Jahr verkaufen müssen. Schweren Herzens gab er tatsächlich eine Familientradition auf. Und insgesamt ist es nun das dritte Jahr, in dem wir nicht nach Swansea kommen. Doch glücklicherweise hat Vater bei Blohm & Voss eine Anstellung als Schweißer gefunden. Seit einem Jahr bereits arbeiten sie dort in Hamburgs größter Werft an einem Schiff. Einem Kriegsschiff. Einem Schlachtschiff. Er hat tatsächlich durch Hitlers Politik Arbeit durch Aufrüstung *eine Arbeit gefunden. Vieles ist geheim. Aber Dir vertraue ich es an: Franz und ich waren nachts auf dem Gelände...und Anthony würde vor Neid erblassen.*

Und Swansea? Nun, Grandpa wünscht sich, dass wir wieder kommen. Pam ebenfalls. Du weißt ja, sie und Franz schreiben sich weiterhin regelmäßig.

Seit zwei Wochen haben wir übrigens eine riesige Antenne auf unserem Haus und Franz - der auf einem Minensuchboot seine Funkausbildung begonnen hat - funkt während seiner Landgänge bis weit in die Nächte hinein durchs ganze Reich.

Und ich?
Vater hat mir den Kopf gewaschen: denn die Seemanns-
romantik von der ich träume, gibt es nicht mehr. Gegen
meinen Willen bin ich nun seit kurzem bei der Wehrmacht.
Sie bilden mich zum Artillerieunteroffizier aus.
Knapp am Seemannsberuf vorbei. Ha, ha.

Mum sieht das alles gar nicht gern und streitet sich häufig
*mit Vater. Und was **unseren** Kontaktverlust angeht...*
...ich habe hier in Hamburg jetzt eine Freundin.

Peter

Franz war in der Zwischenzeit aufgestanden und hatte Peter
über die Schulter geblickt. >>Du Aufschneider. Du hast Elfriede
einmal ins Kino eingeladen.<<

Amy lag im Bett und starrte mit offenen Augen vor sich hin. Sie schaltete das Licht an und mühte sich zu ihrem Schreibtisch.

Lieber Peter,
es ist mitten in der Nacht - und ich kann nicht schlafen.

Ich habe es versäumt Dir zu antworten, ebenfalls ein ganzes Jahr lang: nun haben wir schon Spätsommer 1938.

Derzeit weiß ich nicht, wo mir der Kopf steht: mit meinen Gefühlen.

Ich bin glücklich, da ich weitere Male in einem Flugzeug mitfliegen durfte. Und dann hat es Daddy, tatsächlich auf mein Drängen hin, endlich erlaubt: ich darf Pilotin werden! Doch bis dahin ist es noch ein weiter, weiter Weg.

Und ich glaube, ich bin glücklich, denn - und ich kann es Dir ja nun mitteilen, nachdem Du in festen Händen bist - denn am Monatsanfang, so unglaublich es klingt, hatte auf Gastbesuch ein kleiner englischer Kreuzer hier in New York angelegt: und Anthony stand bei uns vor der Tür! Ein ganzes Wochenende lag der Kreuzer im Hafen ... und wir sind uns näher gekommen.

Ich habe es immer gewusst, er ist ein feiner Kerl.
Und ja, wir haben uns geküsst.

Leider aber bin verhindert nach Swansea zu fahren.
Denn, wenn ich eines Tages wirklich noch einen Pilotenschein machen möchte, muss ich dies nun endlich und wirklich konsequent angehen: sprich, regelmäßige Flugstunden nehmen. Die aber kosten Geld.
Und da ich es fast zwei Jahre lang nicht wirklich angegangen bin, mir nach der Schule einen Job zu suchen, ist mir dies erst jetzt gelungen: am Jahresende, mit Beginn des Weihnachtsgeschäfts, helfe ich in einem Kaufhaus in unserem Viertel aus.
Folglich werde ich mit Swansea warten müssen bis ins nächste Jahr, in Ende August. Ich kann es kaum abwarten.

Amy

Peters Herz raste: sie hatten sich geküsst!
Er konnte es nicht glauben.

- - -

Inmitten zigtausend begeisterter Zuschauer schlängelten sich zwei junge Männer - die deutlich älter und reifer gewordenen Zwillinge - durch die Menge.

Peter und Franz befanden sich im Februar 1939 auf dem Gelände der Schiffswerft Blohm & Voss, während sie durch die festlich geschmückte Werft und die Zuschauer eilten.

Endlich erreichten sie lachend direkt den von ihnen anvisierten Schiffsbug - und schauten überwältigt empor:
hinauf bis zur Spitze des gigantischen Schiffes.

Gebannt erblickten sie hoch oben die noch verhangene große Namenstafel des Schiffes...wobei ihnen dann tatsächlich ihr Vater dort oben an der Namenstafel ins Auge fiel.
Sie winkten.

Lachend tat Franz weitere Schritte hin zum Rumpf des riesigen Giganten...und klopfte daran. >>Hart wie Kruppstahl!<<
Peter lachte ebenfalls. >>Es ist Kruppstahl.<< Franz wusste stolz zu ergänzen. >>Doppelt so stark gepanzert, als alles andere auf der ganzen Welt!<< Er breitete seine Arme weeeit aus und umarmte die Spitze des Rumpfes. >>45.000 Tonnen! Speziell entwickelter Wotan-Hart Kruppstahl!<<
Sie lachten und hielten inne: denn es wurde plötzlich totenstill.
Ebenso bemerkten sie, wie ihre Mutter hier vorn am Schiffsbug inmitten der Zuschauer erschien - und schlenderten auf sie zu.

Und dann - von irgendwo dahinten - begann plötzlich ein frenetischer Applaus. Sogleich ließen sie ihre Mutter stehen, eilten dem Applaus einige Schritte entgegen...und stimmten selbst mit ein.

Sie wussten, warum sie applaudierten. Und nach wenigen Augenblicken dann...trat er wahrhaftig genau vor ihnen auf ein Podest:

Adolf Hitler!

Aug in Aug standen sie ihm gegenüber. Keine 20 Meter.

Und Franz Augen leuchteten. >>Oh, mein Gott. Näher werden wir ihm nie wieder kommen!<<

Derweil beobachteten sie ebenso, wie eine Frau (auf einem weiteren Podest, direkt vorn am Bug) dort hinauf begleitet wurde.

Der Applaus verstummte...und Adolf Hitler begann mit seiner Rede, während Franz mit weiterhin leuchtenden Augen sich nochmals an Peter wandte. >>Selbst meinen Enkelkindern werde ich noch von diesem Tag erzählen.<<

Er blickte zurück zu Adolf Hitler. Um sich dann erneut an Peter zu wenden. >>Für mich ist es klar: ich werde meine Ausbildung auf dem Minensuchboot erfolgreich beenden! Ich werde alles tun...<< Er blickte zum Schlachtschiff.

>>...um auf diesem Stahlkoloss, vielleicht sogar schon als Unteroffizier der Marinefunker, zu dienen.<<

Er wandte sich wieder an Peter.

>>Denn noch ist Zeit, bis es in Dienst gestellt wird:

Die Aufbauten. Die Geschütze,...bis alles installiert sein wird, wird ein ganzes Jahr vergehen. Noch kann man versuchen, die richtigen Dienstwege der Marine zu kontaktieren.<<

>>Aber Mum wird dich nicht gehen lassen.<< warnte Peter.
Franz schaute seinen Bruder an, Peter hatte Recht. Und sogleich war Franz für einen Augenblick niedergeschlagen.
Doch eine Geste von Peter wies ihm, lass uns auf die Rede achten.
Schulter an Schulter widmeten sie sich den weiteren Worten von Adolf Hitler. >>...und so mögen sich die deutschen Soldaten und Offiziere...<< Hitler blickte zu einer Ansammlung in Reih und Glied dastehender Marinesoldaten. >>...die die Ehre besitzen, dieses Schiff zu führen, jederzeit seines Namensträgers würdig erweisen.<<
Er pausierte und blickte in die Menge. >>Mit diesem heißen Wunsch, begrüßt das deutsche Volk...<< Sein Blick wanderte zum Giganten. >>...sein neues Schlachtschiff: *Bismarck!*<<
Großer Applaus vollendete seine Rede.

Die Frau auf dem weiteren Podest erhielt Weisung, sie möge die Flasche Sekt nun am Bug zerbersten lassen.
Franz riss die Augen staunend auf, jetzt erst erkannte er sie.
>>Dorothea von Löwenfeld.<< Er blickte zu Peter.
>>Die Enkelin von Bismarck.<<
Die Sektflasche zerbarst am Bug. Franz und Peter blickten hoch hinauf. Und ihr Vater war es, der mit einem weiteren Werftarbeiter die Verankerung der Namenstafel löste: mächtig kippte sie vorn über - und der Schiffsname wurde sichtbar.

Frenetischer Jubel übertönte den Applaus.

Die Euphorie steigerte sich zu einem wahren Taumel der Ekstase.

Während die Pallen unter dem Schiff - zur Verhinderung des Abgleitens des Schiffes auf den Gleitschienen - von gleich zwei Dutzend Werftarbeitern mit schweren Hammerschlägen gelöst wurden...

...woraufhin sich der gigantische Rumpf plötzlich ganz langsam, ganz, ganz langsam in Bewegung setzte...um dann immer mehr rückwärts gleitend Fahrt aufzunehmen.

Der tobende Jubel steigerte sich nochmals...während Augenblicke darauf unter einem betörenden - ins Wasser Rauschen und Rutschen - nun auch noch die zig tonnenschweren Bremsvorrichtungen, seitens des Giganten, wie spielerisch mit ins Wasser gezogen wurden.

Jetzt erst registrierten die beiden Jungs den Reporter der Wochenschau schräg über sich, erhöht auf einer weiteren kleinen Plattform neben verschiedenen Filmkameras und Photographen. Laut musste dieser ins Mikrofon sprechen, um gegen den Jubel anzukommen.

>>...die ganze Welt wird von diesem historischen Ereignis deutscher Ingenieurkunst erfahren! - Es ist der glanzvollste Stapellauf in der deutschen Schifffahrtsgeschichte! - Das unsinkbare, schnellste, modernste und größte Schlachtschiff! Die Bismarck!<<

Die beiden Jungs blickten sich an. Im Bann der Worte, des Augenblickes, des applaudierenden Adolf Hitlers, in den Bann gezogen von der unbeschreiblichen Euphorie zigtausender Menschen. Franz musste, wie der Reporter, laut gegen den Jubel ansprechen. >>Es bleibt dabei! Jahrelang hat Vater von diesem Schiff erzählt: ich werde alles tun, um auf diesem Koloss zu dienen!<<

Peter blickte...und kämpfte. Und bemerkte, wie er durch diese einmalige Situation ebenfalls mit in Bann gezogen wurde.
Dann haderte er, da war ein Gedanke. Doch er konnte diese Entscheidung nicht fällen. Doch andererseits *musste* er es.
>>Aber nicht allein!<<
Überrascht riss Franz die Augen auf. >>Du bist mit dabei?<<
Peter kämpfte weiterhin. >>Mum wird dagegen sein. Aber ich musste schon immer auf dich aufpassen.<<
Mit Wehmut sprach er weiter. >>Es wird ihr das Herz brechen. Doch sie selbst wird es verlangen.<<
Franz umarmte ihn. >>Jetzt wirst du doch noch ´n richtiger Seemann!<< Er überlegte und hatte ein Problem.
>>Aber bei den Funkern ist kein Platz mehr.<<

Peter besann sich auf das, von seinem Vater, von ihm abverlangte. >>Die Bismarck benötigt Artillerieunteroffiziere, oder?<<

Die Mutter beobachtete aus der Entfernung heraus ihre beiden Jungs und glaubte das Gespräch zu deuten:
Angst kam in ihr auf.

Die Jungs blickten Schulter an Schulter und Arm in Arm nochmals zum gewaltigen Giganten, der majestätisch im schäumenden Wasser lag. Noch immer trieb er langsam zurück, während die Jungs nochmals - vorn auf der Spitze neben der riesigen Hakenkreuzfahne - ihren winkenden Vater entdeckten.

Hafenschlepper wagten sich wie Spielzeugschiffchen an den Bug, um ihn unter Kontrolle zu bringen.

- - -

Erfreut betraten Peter und Franz mit ihrer Mum, Ende August 1939 in Swansea den Hafen und fielen ihrem Grandpa in die Arme.

Doch der alte Seebär und ihre Mum sahen sogleich, die Jungs hatten nur einen Wunsch...

Mit unsicherem Blick erreichten die Jungs den Strand an der Atlantikküste - und tatsächlich, dort drüben saßen sie.

Kaum sahen die Mädchen die Jungs, riefen sie aus der Entfernung heraus entzückt herüber.

Einen Augenblick später hing Pam in den Armen von Franz ...und Peter erblickte das erste Mal, zu welch einer Schönheit Amy sich in den letzten Jahren gemausert hatte. Unsicher wusste er nicht wohin mit seinem Blick - und auch sie wusste nicht so recht, wie sie der Situation gegenüber treten sollte, denn Peter war ein stattlicher junger Mann geworden. Und gutaussehend dazu. Und: befanden sie sich noch immer im Streit? Mary-Anne und Monica fielen Peter um den Hals und unterbrachen so den Blickkontakt zwischen den beiden.

Gut gelaunt saßen sie alle bis zum Nachmittag im Sand zusammen. Und während Franz den Augenblick nutzte um den Mädchen gegenüber einige Dinge zu erklären, trafen sich immer wieder die Blicke von Amy und Peter.

>>...Mum ist bei Grandpa, Sachen auspacken - und dann wollte sie noch mit ihm im Ort einkaufen. Doch...<<

Franz blickte zu Peter. >>...es ist Mum anzusehen, wie sehr auch sie sich freut endlich wieder hier zu sein.<<

Peter ergänzte. >>Es wurde höchste Zeit.<<

Franz erklärte weiter. >>Aber Vater sind die Hände gebunden. Mehr als arbeiten und Sonderschichten einlegen, kann er bei Blohm & Voss nicht. Das Geld ist nach wie vor knapp.<<

>>Doch er hatte es Mum und uns versprochen.<< fügte Peter bei.

>>Umso mehr sind wir dankbar, hier zu sein.<< lachte Franz.

Pam stöhnte erleichtert. >>Ich bin ebenfalls froh.<<

Sie setzte ein Lächeln auf und blickte zu Franz. >>Und ich habe eine Überraschung für dich. Im Nachbardorf.<<

Franz staunte: eine Überraschung? Was konnte das sein?

Monica brachte sich ebenso mit ein. >>Gott, hab Dank.<<

Sie war in Gedanken. >>Denn es ist nicht selbstverständlich, dass wir alle hier wieder gemeinsam sitzen.<<

Mary-Anne wusste, was sie meinte. >>Außer, Anthony.<<

Sie wandte sich an Amy. >>Du sagtest, er hatte wieder geschrieben.<< Peter blickte zu Amy.

Amy schaute durch die Runde. >>Ja. Aber er wird nicht kommen. Aufgrund der politischen Spannungen mit Hitler...<<

Sie blickte zu Peter und Franz. >>...vollziehen sie seit Monaten Extraübungen und Alarmbereitschaften. Besonders über die Wochenenden.<<

Sie hielt inne, um dann zu ergänzen. >>Außerdem ist er auf den kleinen Zerstörer HMS Electra versetzt worden.<<

Pam verstand es nicht. >>Hat das was zu bedeuten?<<

Amy nickte. >>Er ist seinem Traum näher gekommen.<<

Die Runde horchte auf, woraufhin Amy weiter erklärte.

>>Die Electra ist mit anderen Zerstörern und Kreuzern oftmals der Begleitschutz der Hood.<<

Ach ja: Die Hood. Alle wussten um seinen Wunsch.

>>Und er schrieb, dass er als einer der Besten nun endlich das Recht hat, auf die Liste der Hood-Anwärter zu kommen.<<

Peter und Franz vernahmen ebenso diesen Satz.

Sie verkniffen sich jedoch eine Äußerung dazu.

Glücklicherweise fiel Mary-Anne etwas ein, perfekt, um das Thema zu wechseln. >>Apropos: Traum.<< Sie lächelte zu Amy hinüber. >>Du hast Peter noch gar nichts von der Neuigkeit erzählt.<<

Tatsächlich war es Amy entfallen - und ihre Augen leuchteten. >>Ich hab's total vergessen.<< Sie wandte sich an Peter und war sogleich unsicher: sind sie beide noch im Streit?
Doch ihre Freude überstrahlte diesen Gedanken. >>Ich habe vor zwei Wochen zum 19. Geburtstag die Pilotenprüfung bestanden!<<
Die Mädchen - obwohl sie es schon wussten - jubelten auf. Und Peter und Franz stimmten erfreut mit ein.
Franz umarmte sie. >>Gratulation nachträglich. Und zum Geburtstag! Doch dann musst du Peter eines Tages mitnehmen. Und mich natürlich auch.<<
Mary-Anne lachte dagegen an. >>Nix da! Zuerst wir Cousinen.<<

Die Runde amüsierte sich und beobachtete etwas: denn Peter holte eine Kleinigkeit aus seiner Hosentasche hervor.
Vorsichtig übergab er Amy ein kleines Geschenk.
Sie öffnete es... ...nur ein bisschen... ...und hielt inne, in dem Augenblick wo sie es erkannte: es war ein gesticktes Emblem.
>>Und das soll ich öffentlich tragen?<< Sie glaubte nicht daran. Er unterstrich. >>Ich hab's von unserem Onkel. Es soll dir Glück bringen. Denn ich wusste, du würdest die Prüfung bestehen. Und nicht falsch verstehen, es geht hier nicht um: Das Reich. England. Oder Amerika. Trage es im Herzen bei dir - und die Schwingen des Emblems mögen sinngemäß deine Begleiter sein.<<
Amy war da anderer Meinung. >>Vergiss es.<<
Sie meinte es aber nicht böse und steckte es ein.

Währenddessen war Monica gedanklich abgedriftet.

>>Das Reich. England. Und Europa. Ich mag das alles nicht.<<
Sie blickte zu den beiden Jungs. >>Diese Entwicklungen.
Bei euch. Und bei dir, Franz.<< Franz wusste, was sie meinte.
>>Ganz ehrlich, Monica. Ich wusste, dass Pam mit euch meine
Briefe bespricht und dass dieses Thema hier in Swansea
aufkommen wird.<< Monica blieb bei dem, was sie eigentlich
sagen wollte. >>Natürlich: du bist bei der Hitlerjugend.<<
Pam ergriff Partei. >>Monica.<<

Franz blieb bei seiner Linie. >>Und dort wurde mir noch mehr
bewusst, wie sehr ich dem Reich und der See verbunden bin:
also bin ich zur Marine. Und dort haben sie mich geschult
und ausgebildet. Seit drei Monaten bin ich nun Anwärter auf
den Marinefunkunteroffizier.<<

Er wandte sich an Pam. >>Und Pam weiß es bereits:
in sechs Wochen werde ich vom Minensuchboot auf eine
Fregatte versetzt. - Doch der Antrag ist gestellt:
der Antrag, um danach auf der Bismarck zu dienen.<<

Die Mädchen blickten entsetzt, er bemerkte es.

>>Nun schaut nicht so: Peter und ich sehen vom Schlafzimmer
aus, wie jahrelang von unserem Vater das kampfstärkste
Schlachtschiff der Erde gebaut wird - und wir wollen nicht
drauf dienen?<<

Mary-Anne stöhnte. >>Das Stärkste?<<

Sie räusperte. >>Die Hood.<<

Doch Amy hatte besorgt etwas anderes zwischen den Zeilen
vernommen. >>...wir?<<

Sie blickte zu Peter.

Der versuchte zu beruhigen. >>Ich hätt es dir noch gesagt.<<
Um weiter zu erklären. >>Ich kann Franz nicht allein gehen
lassen. Mum wird um ihn bangen.<<
Monica sah das anders. >>Um euch.<<

Franz blühte auf. >>Bangen?<<
Er holte direkt aus. >>Vater hat so viel vom Bau erzählt:
es ist doppelt so stark gepanzert als alles andere auf der ganzen
Welt.<< Seine Augen begannen zu leuchten. >>Außerdem
ist es ausgestattet mit der absolut neuesten Zielerfassungs-
technik. Und bewaffnet - neben unzähligen Kanonen und Flags -
mit acht unglaublichen 38cm Geschützen von Krupp. Allein
ein Geschoss wiegt beinahe eine Tonne. Und ihr hättet beim
Stapellauf mit dabei sein müssen: es war unglaublich.<<
Stolz holte er eine Photographie hervor.

>>Eigentlich darf man keine Bilder von diesem Koloss machen.
Das Werftgelände ist militärisches Sperrgebiet. Doch Peter
und ich haben es vor kurzem nach dem Angeln heimlich
vom Ruderboot aus im Hafen fotografiert. Seht, wie gigan-
tisch es ist!<<

- - -

Pam war die Vorfreude an diesem Abend ins Gesicht geschrieben.

Noch überlegend worum es überhaupt ging, folgte Franz ihr im Nachbardorf mit letzten Schritten auf ein kleines Häuschen zu.

Gleich darauf klingelte Pam an der Tür. Sie blickte Franz an und griente. >>Denn es ist so: wir drei haben die gleiche Leidenschaft.<< Franz grübelte, was konnte sie meinen?
Ein Pfarrer öffnete die Tür.
>>Hallo, Onkel Jeffrey.<< begrüßte sie ihn und wies auf Franz.
>>Das ist er: Franz Hinrichsen.<<
Der Pfarrer musterte ihn. >>Der junge Mann aus Hamburg.<<
Franz nickte und gab freundlich die Hand. Der Pfarrer lachte.
>>Dann mal rein mit euch.<<

Im Haus des Pfarrers wurde oben auf dem Dachboden Pams Überraschung mit großen leuchtenden Augen von Franz belohnt, der nach wie vor staunend vor dieser Funkanlage saß.
>>...und Sie haben die Reichweite erweitert, indem Sie die Spulen verdoppelt und die Kondensoren ausgetauscht haben. Mit den neuesten aus Amerika.<<
Der Pfarrer bestätigte. >>So sieht's aus.<< Er wies auf eine Karte. >>Ich habe jetzt Funkkontakt hinauf bis nach Island. Und ich morse über den Ärmelkanal bis nach Paris, sowie die ganze französische Atlantikküste hinunter.<<
Die Augen von Franz leuchteten auf.
>>Wir müssen ebenfalls versuchen Verbindung aufzunehmen.<<
>>Darum geht's.<< fügte Pam bei. >>Dann können wir beide miteinander Kontakt halten.<<
Sie gab ihm einen Kuss und umarmte ihn.

Am späten Abend begegneten Franz und Pam, Monica und Mary-Anne auf dem Marktplatz von Swansea. Erfreut teilte Pam den Geschwistern mit, dass sie und Franz - nach seiner Abreise - über Funk Kontakt halten würden.

Die Mädchen waren überrascht über Pams Eingebung und entzückt zugleich: das schien wohl etwas intensiver zu werden mit den beiden. Monica blickte auf die Uhr, denn sie und Mary-Anne waren auf dem Weg hin ins Kino: dort fand die einmal im Monat stattfindende Nachrichten-Kino-Vorführung statt. Spontan hakte Monica sich bei Franz und Pam ein, die beiden sollten mitkommen.
Doch die beiden Verliebten verwiesen darauf, sie wollten an diesem Abend gern alleine bleiben.

- - -

Infam schlich eine Gestalt durchs Kino, während auf der Leinwand die Nachrichten flimmerten.

Die Gestalt wurde fündig...drückte sich durch eine Reihe... ...und setzte sich zur Überraschung direkt neben Mary-Anne und Monica. >>Anthony.<< entfuhr es leise der überraschten Monica.
Doch sein Gesichtsausdruck spiegelte nur das eine wieder - und fordernd kam auch schon seine Frage. >>Wo sind sie?<< Mary-Anne blickte im flimmernden Licht auf seine akkurate Uniform. >>Du bist befördert worden.<< Doch er ging nicht darauf ein. >>Und hab Sonderurlaub. Wegen Amy.<< Monica grübelte. >>Woher weißt du, dass wir im Kino sind?<< Ihn interessierte es nicht. >>Die beiden Nazis sind auch in Swansea<< Mary-Anne versuchte zu beruhigen. >>Wie sprichst du denn?<< Monica war überrascht. >>Woher willst du wissen, dass...<< >>Man hört so einiges im Pub. Wo ist Peter?<< Mary-Anne schaltete. >>Du fragst gar nicht nach Franz.<< Doch Anthony blickte nur entschlossen und weiterhin fordernd. Monica schlichtete. >>Sie wird dir schon nicht fremdgehen.<< Sauer unterstrich er diesen Satz. >>Das sollte sie auch nicht. Denn für mich sind wir zusammen.<< Er stöhnte. >>Es hat mir den größten Ärger eingebracht von Bord zu kommen... ...nur um sie doch noch hier zu überraschen.<< Er verzweifelte. >>Und nun ist sie nach einem Jahr, noch nicht mal aufzufinden. Und ich muss morgen Abend wieder zurück sein.<<

Die beiden Schwestern blickten wortlos. Sie wussten, wie sehr er in diesem Augenblick gegen seinen Jähzorn ankämpfte.

Ein neuer Nachrichtenteil begann.

Der englische Sprecher kommentierte die europäische politische Lage, während verschiedene Bilder von Adolf Hitler, Goebbels, Göring und dem deutschen Außenminister gezeigt wurden.

>>...und so blickt die ganze Welt wieder einmal auf die Außenpolitik von Adolf Hitler. Adolf Hitler, der nicht müde wird, immer wieder seinen Außenminister Joachim von Ribbentrop vorzuschicken, um eine friedliche Lösung seiner Ziele und Forderungen - entgegen des Versailler Vertrages von 1919 - im Ausland zu fordern. Doch; nachdem Österreich im vergangenem Jahr auf Druck an seine Seite gerückt ist und er seit März dieses Jahres nicht gewaltsam – wie die deutsche Außenpolitik es immer wieder betont – in die tschechische Republik einmarschiert ist, drängt sich immer mehr die Frage auf: wer glaubt ihm noch? Besonders durch die Aufrüstung im Land und dem Stapellauf des Schlachtschiffes Bismarck vor sechs Monaten, zeigt Adolf Hitler deutlich, dass er keinerlei Wert auf die bestehenden Klauseln des Versailler Vertrages legt.<<

Unter großem Getöse rauschte auf der Leinwand Die Bismarck ins Wasser. Die Mädchen blickten mit aufgerissenen Augen. Anthony wurmte dieser Nachrichtenteil. Sehr sogar.

Gemeinsam sahen sie die jubelnde deutsche Menge und achteten auf die Stimme des deutschen Reporters. >>...die ganze Welt wird von diesem historischen Ereignis deutscher Ingenieurkunst erfahren! Es ist der glanzvollste Stapellauf in der deutschen Schifffahrtsgeschichte! Das unsinkbare, schnellste, modernste, ...und größte Schlachtschiff! - Die Bismarck!<<

Der Nachrichtenfilm endete.

Das Licht im Kino ging an.

Anthony sah die fragenden Blicke von Mary-Anne und Monica.

Und ebenso waren auch die restlichen Kinobesucher verunsichert.

Anthony wies den Mädchen gegenüber mit langem Arm auf die Leinwand. >>Pure Provokation. Und Hitler hat mit diesem Schiff das Flottenabkommen mit England gebrochen.<<

Monica war besorgt. >>Man hatte ja im Februar in der Zeitung schon vom Stapellauf gelesen...<<

Mary-Anne fügte hinzu. >>Die Jungs haben uns eine Photographie von der Bismarck gezeigt...<<

Er zürnte. >>Sie sind also hier.<<

Mary-Anne fuhr weiter fort. >>...sie werden beide auf der Bismarck dienen.<< Anthony traute seinen Ohren nicht.

Auch Monica beendete das, was sie sagen wollte. >>...doch dieses Schlachtschiff nun auf der Leinwand in dieser Größe zu sehen, ist Angst einflößend.<<

Anthony stichelte. >>Du kannst den Krauts nicht trauen.<<

Er meinte das Deutsche Reich. Und steigerte sich.

>>Und die andern beiden, sind praktisch halbe Engländer.<<

>>Versteht ihr?<<

Die Mädchen schauten: nannte er sie gerade nicht noch Nazis?

Doch sie gingen nicht darauf ein. Auch sie wussten, er legte die Worte immer so, wie sie ihm am besten passten. Und die Bestätigung kam spottend. >>Sie verraten ihr Mutterland.<<

Auf dem Dachboden einer Fischerscheune saßen an diesem späten Abend Peter und Amy. Beide hatten sich mit baumelnden Beinen, mit Blick über den Hafen, in eine dort befindliche geöffnete Ladeluke gesetzt.

Versunken im bereits geführten Gespräch mit Amy, ließ Peter seinen Blick über die rastenden Frachter und Fischkutter im Schein des Abendlichts schweifen. Er haderte mit etwas, dass konnte Amy sehen. Und dann, inmitten von Fischernetzen, Getreidesäcken und losem Stroh, sprach er seine besorgten Gedanken dann doch aus.

>>...deswegen war die Reise diesmal so wichtig für Mum: Sie musste raus. Weg. Luft schnappen.<<

Es belastete ihn. >>Weg von diesem ganzen Streit zu Hause.<<

Er entdeckte zwei, einst wohl von irgendjemandem liegengelassene Decken, ergriff sie, um sie wieder zur Seite zu legen. Und atmete tief. >>Sie ist maßlos enttäuscht, dass Vater all die Jahre so viel vom Bau der Bismarck erzählt und dadurch Franz verrückt gemacht hat.<<

Er zählte weiter auf. >>Dann, dass Vater mich bei der Wehrmacht gemeldet hat. Und nun ist sie auch noch von mir enttäuscht, da ich Franz beistehe, wenn er auf die Bismarck geht.<<

Gebeutelt blickte er sie an. >>Er ist zwar der Ältere - aber ich fühle mich ihm gegenüber verantwortlich.<<

Er musste tief durchatmen, um sich selbst zu beruhigen.

>>Sie weiß, dass ich es für sie tue, um auf ihn aufzupassen.<<

Amy verstand. Aber gleichzeitig verstand sie dieses Hirnlose der Jungs dennoch nicht. >>Wenn ihr auf Die Bismarck geht, dann...<< Sie stockte. >>Reicht es nicht, dass Anthony schon seit Jahren...<< Sie änderte ihren Ton. >>...diesem Traum hinterher läuft?<<

Nochmals trafen sich ihre Blicke. Doch er wich ihr aus. Wohlwissend, dass sie ihn weiterhin und fordernd musterte.

Dann bemerkte sie, ihr selbst lag auch noch etwas auf der Seele. Und erst nach einem längeren Atemzug fand sie Mut.
>>Außerdem...<< Sie senkte den Blick. >>...muss ich dir noch etwas mitteilen.<< Sie schaute ihn weiterhin nicht an.
>>Ich...will nicht sagen, dass es von dir naiv ist. Doch...<< Nun erst hob sie den Blick.
>>...ich möchte, dass du weißt, dass es mit uns so nicht weitergehen kann.<< Er horchte. Was sollte das? Sie tat sich schwer.
>>Ich weiß, dass du mit mir zusammen sein willst. Doch...<< Sie musste Mut holen. >>...ich glaube, ich liebe Anthony.<<

Peter traute seinen Ohren nicht.
Geschockt saß er da...um sich dann wieder zurückzuholen.
>>Nein. - Nein, Amy. - Das tust du nicht.<<
Sie wusste, wie sehr sie ihn damit verletzt hatte. >>Peter...<<
Doch Peters Gesichtszüge spiegelten etwas anderes wieder.
>>Du weißt von gar nichts.<<
Wobei er die Lügen von Anthony meinte.

Sie versuchte zu erklären. >>Aufgrund dessen, was mit uns beide in den letzten Jahren geschehen ist, bin ich der Meinung, dass du es verdient hast, dass ich dich selbst darüber aufkläre.<< Er untermauerte. >>Und du hast es verdient, über seine Lügen aufgeklärt zu werden.<<
>>Sprich nicht so. Besonders nach seinem Besuch in New York im letzten Jahr...<< Sie strauchelte. Und kam auf sie beide zu sprechen. >>...es hat keinen Sinn, über dich und mich nachzudenken.<< Peter widersprach. >>Nein. - Amy, Nein.<<
Sie sprach vermittelnd weiter. >>Mach es dir selbst doch nicht so schwer, es wird keinen Sinn haben. Und zur Entfernung kommt noch, dass Hitler seit Jahren diese provokante Politik betreibt um seine Ziele durchzusetzen.<<

>>Was hat das mit uns zu tun?<<

>>Was ist, wenn die Grenzen geschlossen werden?<<

>>Was kommt jetzt?<<

>>Dann können wir uns sowieso nicht mehr sehen.<<

>>Und genau hiermit hast du´s zugegeben.<<

>>Was?<<

>>Das du *für mich* empfindest.<<

Sie haderte - verwies jedoch auf das, was sie sagen wollte.

>>Ich glaube, ich liebe einen anderen.<<

>>Tust du nicht.<< >>Doch.<<

Peter kämpfte, erklärend.

>>Nein. Denn immer wenn wir uns begegnen, immer wenn sich unsere Blicke treffen, sehe ich es deutlich in deinen Augen:...<<

>>Was?<< Peter sprach es aus. >>...das du mich liebst.<<

>>Das tue ich nicht.<< entgegnete sie. Doch er ließ nicht locker.

>>Ich sehe und spüre es. Jedes Mal.<< Er veränderte den Ton.

>>Und du kannst es nicht verhindern, ständig dabei zu verlieren.<<

Sie verstand ihn nicht. >>Was?<<

Entschlossen blickte er. >>Bei dem Versuch, es zu unterbinden den gemeinsamen Blick zu suchen.<<

Er hatte Recht. Doch sie wandte sich ab. >>Das stimmt nicht.<<

Er blieb bei seiner Aussage. >>Doch. Denn genauso naiv, wie du glaubst ich zu sein scheine, genauso schlecht kannst du deine Gefühle für mich unterdrücken. Und das spüre ich.<<

Sie verzweifelte, sie wollte es nicht zugeben: doch eigentlich müsste sie es. Er sah, dass seine Worte wirkten, denn sie hielt den Blick weiterhin gesenkt. Einfühlsam sprach er auf sie ein und untermauerte. >>Du kannst mir nichts vormachen.<<

>>Aber...<< Ihre Stimme versagte. >>...i-ich...<<

Er hauchte. >>Hör auf zu kämpfen. - Lass es endlich zu.<<

Für eine Sekunde zeigte sie ihm ihre rot unterlaufenen Augen und senkte den Blick erneut.

Er erkannte seine Chance und wusste, dass er sie nun zermürben würde: mit der Wahrheit. >>Oder anders ausgedrückt: es ändert nichts an der kommenden Tatsache, dass du mit 90 Jahren zurückblicken wirst. Während dein Mann, Anthony, draußen im Regen unter frischen Blumen in seinem Grab liegt.

Und du ständig daran denkst, wie es gewesen wäre: einmal, einmal in deinem alten, langen, vergilbten Leben den Mann an deiner Seite - den du dir Zeit deines Lebens gewünscht hast - richtig und wirklich geliebt zu haben? Wie verdammt wäre es gewesen?<<

Amy saß da - und bemerkte wie sie gegen erste aufkommende Tränen ankämpfte. Und wie hoffnungslos dieser Kampf war.
Sie konnte die Tränen nicht mehr unterdrücken.

Flüsternd nahm er ihre Hand. >>Ich weiß, dass es so ist.<<
Langsam gab sie ihren Kampf auf.
Sie wusste nicht wohin...und lehnte sich an ihn.
Und obwohl sie es nicht wollte, empfand sie an seiner Brust doch diese Zuneigung.

Behutsam durchfuhr seine Hand ihr Haar, wobei er deutlich ihr pochendes Herz spürte und die Zerreißprobe, in welcher sie sich seit Jahren befand. Vorsichtig nahm er ihr Haar zur Seite ...um sie mit einem Kuss auf ihren Hals einmal zu liebkosen.

Tief empfand sie diesen einen Kuss mit verschlossenen Augen.
Und streckte ihren Hals weit entgegen.

Ein zweiter und dritter Kuss folgten.
...und langsam tastete er sich ihren Lippen entgegen.
...und endlich trafen sie sich.

Unter Tränen gab sich Amy nach all den Jahren, dem wohl wichtigsten Kuss ihres Lebens hin - und beide verloren sich im Rausch ihrer Gefühle.

Gebannt trauten die Eltern von Mary-Anne, Pam und Monica ihren Ohren nicht, als sie mit ihren Kindern am nächsten Morgen am Frühstückstisch saßen und der Vater das Radio lauter stellte:

Denn Premierminister Chamberlain endete soeben mit einer Rede. >>...und so können sie sich vorstellen, wie hart der Schlag für mich war, dass mein langer Kampf, den Frieden in unserer Zeit sicherzustellen, gescheitert ist.<<

Das war der Rest der Ansprache des Premierministers, woraufhin der Vater das Radio wieder leiser drehte und in die wortlosen Blicke der Familie schaute:

- was hatten sie gerade hören müssen?
- es durfte nicht wahr sein.
- sie konnten es nicht glauben.

Der Radiosprecher ergänzte leise. >>Soweit die Rede.<<
Er hielt inne, um erst dann tief getroffen weiter zu sprechen.
>>Die erste Stellungnahme unseres Premierministers Chamberlain, zum Angriff deutscher Heeresgruppen auf Polen. Heute in den frühen Morgenstunden des 1. September 1939 gegen 05:45 Uhr. Deutschland führt Krieg mit Polen. Nun aber - ist gemäß der Britisch-Französischen Garantieerklärung, gegenüber Polen - unser Königreich mit Frankreich in der äußerst schwierigen Situation `laut dieses Vertrages´ Deutschland den Krieg zu erklären.<<

Getroffen stellte Mary-Anne das Radio ganz aus.
Ebenso geschockt konnten Pam und Monica und die Eltern nicht ein Wort hervorbringen.
Im Bann gezogen starrten sie vor sich hin.

- - -

Es war das Kreischen der Möwen im Hafen, welches Amy - nackt und eingemurmelt in eine der beiden Decken liegend - erwachen ließ.

Die andere Decke hatten beide als Unterlage im losen Stroh genutzt - und in den Armen von Peter war es ihr anzusehen, dass sie hier oben auf dem Dachboden der Fischerscheune diesen Augenblick des Morgens danach tief in sich aufnahm. Ja, sie strahlte.

Die Blicke der beiden kreuzten sich.

Und es bedurfte nicht eines Wortes in diesem gefühlvollen Augenblick:
- sie liebten sich.
- jetzt wusste es auch Amy.

Er betrachtete das kleine Medaillon um ihren Hals, innendrin mit einer Photographie von ihr.

Verunsichert, was würde die gemeinsame Zukunft mit sich bringen, schmiegte sie sich nochmals an ihn heran. Sie war sich darüber bewusst, welche Komplikationen diese Nacht und die einst von ihr unterdrückten Gefühle nun hervorrufen würden.

Sie schloss die Augen...und wollte nur noch gehalten werden.

Gegen Mittag betraten Peter und Amy Hand in Hand das Haus seines Großvaters. Und beide waren großen Mutes es allen mitzuteilen, dass sie sich endlich füreinander entschieden hatten.

Doch blickten sie in der Küche in die gezeichneten Gesichter von Grandpa, Mum und Franz.
Die Mutter erhob sich besorgt. >>Wo warst du?<<
Peter bemerkte gleich die Spannung. >>Amy und ich waren...<<
>>Es ist Krieg.<< unterbrach der Grandpa.
>>Deutschland ist in Polen einmarschiert.<<
Amy und Peter blickten ratlos, sie trauten ihren Ohren nicht.
Franz forderte. >>Wir müssen zurück nach Hamburg!<<
Doch die Mutter entschied. >>Und ich habe es verboten.<<
Franz wandte sich an Peter. >>Das Reich braucht uns jetzt!<<
>>Ihr bleibt hier.<< befahl der Grandpa.
Franz aber wollte es nicht wahrhaben. >>Und Vater?<<
Die Mutter untersagte nochmals. >>Wir bleiben hier.<<
Franz´ Augen spiegelten pure Verzweiflung wieder. >>Mum. Mein Antrag auf Die Bismarck zu kommen, ist so gut wie genehmigt.<<
Die Mutter musste hart bleiben. >>Die Antwort ist nein.<<
Franz wurde laut. >>Aber wir haben unserm Führer gegenüber Verpflichtungen!<< Doch der Großvater unterstrich.
>>Du hast doch deine Mutter gehört, oder?<<
Franz war verloren. >>Aber...<< Der Grandpa unterbrach.
>>Viele Deutsche werden alles versuchen noch heute England zu verlassen. Doch für dich ist die Antwort nein.<<

Franz blickte geschockt.
Und er kämpfte und brodelte.
Woraufhin er dann unter Tränen die Küche verließ.

Peter war benommen.

Rasch versuchte er einen klaren Kopf zu bewahren.

Er entschied sich dafür, der Situation für diesen Augenblick aus dem Weg zu gehen. >>Ich bringe Amy nach Hause.<<

Die Mutter nickte, sie verstand seinen Gedankenzug.

Denn sicherlich waren ebenso auch die Verwandten von Amy - die Southbergs - besorgt: wo war Amy in der vergangenen Nacht?

Sie selbst kannte die Antwort, sie sah es in den Augen der beiden. Und so kam sie auf Amy zu und umarmte sie.

Sie mochte sie schon immer.

Erst daraufhin blickte sie ihren Sohn erneut an und warnte. >>Lass dich auf der Straße nicht ansprechen.<<

Franz wirbelte im oberen Stock durch die Flure und packte seine Habseligkeiten. Er zürnte. Er wusste genau, was er vorhatte. Seine Entscheidung war gefallen.

Missgelaunt griff er nach seinem Portemonnaie, doch nur Kleingeld. Er überlegte. Eilte ins Schlafzimmer zum Bett von Peter. Und entnahm dort aus dem Kopfkissen einige Scheine. Dann alle.

Doch erst jetzt bemerkte er aus dem Schlafzimmerfenster heraus, dass unten auf der Kopfsteinpflasterstraße Anthony mit forderndem Blick gerade eben heran eilte.

Wütend begab sich Franz ans Fenster. >>Ich weiß was du willst! Doch es ist zu spät!<< Er lachte ihn aus. >>Das Schicksal hat dich für deine Lügen in der vergangenen Nacht bestraft: sie haben miteinander geschlafen!<<

>>Du lügst!<< schrie Anthony.

Doch Franz traf ihn mit dessen einst eigenen Worten hart und grässlich, während er mit dem Daumen auf sich selbst wies.
>>Angehenden Marineoffizieren ist es untersagt zu lügen!<<

Dieser Satz! - Diese Aussage! - Es war also wahr!

Anthony trudelte, fauchend. >>Woher willst du das wissen?<<
Franz stach zu. >>Weil ich es in ihren Augen gesehen habe!<<
Er verschwand vom Fenster, um gleichzeitig wieder hervorzukommen. >>Und jetzt gerade bringt er sie zurück zu den Southbergs.<< Er lachte grässlich.
>>Und du hast es nicht besser verdient!<<

- - -

Noch taten Peter und Amy letzte Schritte auf das Haus der Southbergs zu, da öffnete sich bereits die Tür.

Amys besorgte Tante erschien. >>Amy, wo warst du?<< >>Ich bin erwachsen.<< konterte sie. Mary-Anne, Pam und Monica erschienen ebenfalls und sahen, dass Amy dort Hand in Hand mit Peter stand. Ihre Augen glühten für die beiden. Und doch wussten sie um das aufkommende Problem: Anthony.

Amys Onkel kam hinzu. >>Wir haben uns Sorgen gemacht.<< Amy versuchte zu beruhigen. >>Das braucht ihr nicht.<< Amys Tante wies auf Peter. >>Das sieht aber anders aus.<< >>Das soll heißen?<< erkundigte er sich. >>Dass ihr beide nicht wisst, was ihr tut.<< sprach Amys Onkel. Peter versuchte zu vermitteln. >>Sir, wir sind erwachsen. Ich liebe sie.<<

- die Mädchen waren angetan.
- dieser Mut.
- sie hatten es immer gewusst.

Amys Tante versuchte zu erklären. >>Ihr seid zu jung.<< >>Wofür?<< Peter wollte es nicht akzeptieren. >>Um die Probleme zu sehen.<< gab Amys Onkel zur Antwort. >>Welche Probleme?<< forderte Peter. Amys Onkel sprach leiser. >>Die auf euch zukommen werden.<< Amys Onkel kam daraufhin auf Peter zu. Und von Meter zu Meter sah Peter mehr, wie geschockt dieser war. Dann blieb der Onkel vor ihm und Amy stehen, um warmherzig seine Worte wirken zu lassen. >>Ihr habt einen Krieg angefangen.<<

In Rage und maßlos enttäuscht eilte Franz im Hafen mit seinem Koffer in der Hand auf den wöchentlichen, alten Frachter mit der Reichsbeflaggung zu.

Die Vorbereitungen zum Auslaufen waren im vollen Gange: denn schon längst befanden sich einige verängstigte Deutsche aus benachbarten Orten mit ihren Koffern auf der Gangway und betraten - inmitten weiterer auf Deck stehender Ausreisewillige, die das Postschiff bereits in anderen Häfen aufgelesen hatte - den verrosteten Dampfer.

Weiter ab, beobachteten Mitbewohner von Swansea argwöhnisch das Treiben dieser Deutschen auf dem Schiff.

Franz drängte als letzter auf die Gangway und hielt dem bärtigen Offizier des Frachters gleich einige Scheine hin.
>>Ich zahle! Ich kann bezahlen!<<

- - -

Im Haus vom Grandpa wollte die Mutter mit ihrem Sohn Franz ein klärendes Gespräch führen.
Doch an Stelle von Franz, fand sie oben im Schlafzimmer der Jungs nur einen Abschiedsbrief.
Erschrocken rief sie. >>Grandpa!<<

- - -

Vor dem Haus der Southbergs stand Amys Tante in der Eingangstür, während sie Anthony gegenüber erklärte was geschehen war.

>>...daraufhin klingelte vorhin das Telefon. Peters Mutter befahl ihm sofort nach Hause zu kommen: sie haben einen Abschiedsbrief von Franz gefunden.<<

Anthony überlegte und blickte auf seine Uhr.

Es war Mittagszeit: die Abfahrt des deutschen Dampfers.

>>Also ist Franz zum Hafen.<< murrte er.

Amys Tante fuhr fort.

>>Augenblicke später hat sich Amy aus dem Haus geschlichen.<<

Anthonys Gedanken hämmerten.

Sein Blick schweifte zum Fahrrad des Onkels von Amy - welches am Zaun vor dem Haus stand - und ungefragt entwendete er es, um sogleich loszufahren.

- - -

Gewaltig musste der Grandpa das Pferd mit dem Fuhrwagen im Hafen abbremsen. Geschockt erkannten er, Peter und die Mutter, dass in 150m Entfernung der alte Frachter mit der Reichsbeflaggung die Leinen bereits einholte.
Verzweifelt rief die Mutter ihren Sohn. >>...Fraaanz!<<
Entschlossen sprang Peter vom Fuhrwagen und rannte los.
>>Peter...!<< rief sie nun auch dem zweiten Sohn hinterher.

Franz wurde vom Frachter aus darauf aufmerksam und beobachtete leicht versteckt seine Familie und seinen rennenden Bruder. >>Fraaanz...!<< hörte er ihn weit entfernt rufen.

Franz blickte hinunter: die Gangway wurde eingeholt.
Und er kämpfte:
- mit sich.
- seiner Entscheidung.
- und wegen seiner Mutter, die litt.
Schmerzverzerrt unterdrückte er die Tränen. >>Nein.<<
Das alles, hatte er so nicht gewollt.

Peter sprintete so schnell er konnte die letzten 80m zum Schiff, während Amy - ebenso laufend - hinter ihm den Hafen erreichte.
Peter rief nochmals nach seinem Bruder. >>...Fraaanz!<<
Amy zerbrach es das Herz.

Urplötzlich erschien 30m vor Amy - Anthony auf dem Fahrrad, zwischen zwei Fischhallen - und musste vom Fahrrad abspringen, da mehrere auf dem Kai ausgebreitete armdicke Ankerketten seine Weiterfahrt verhinderten.
Zornentbrannt rannte er von hinten auf Peter zu!
Amy wusste sofort, worum es ging. >>Nein!<<

Peters Grandpa und Mutter blickten ebenso verzweifelt.
Peter aber bemerkte nichts. Gar nichts. Er sah nur, wie der
Dampfer - in nun, nur noch 50m Entfernung - plötzlich die
Schraube anwarf.

Anthony verringerte sprintend die Distanz zu Peter auf 20m.

Doch Peter bemerkte noch immer nichts von Anthony.
Zu sehr war er beschäftigt, das Ablegen des Schiffes einzu-
schätzen: denn es hatte bereits eineinhalb Meter abgelegt...

...um 25 Schritte später tatsächlich drei Meter weit übers Wasser
die Bordwand auf Heck anzuspringen, um sich an der Reling
schräg über die sich drehende Schraube festzuhalten.
Die Mutter traute ihren Augen nicht. >>...Neeein!<<
Amy blieb geschockt stehen. >>Peter!<<

Sofort versuchte Peter sich hochzuziehen, während Anthony
fluchend nicht mehr springen konnte. >>Ich bring dich um!<<

Peter blickte hängend zurück.
Und Anthony explodierte. >>**Ich bring dich um!**<<

Peter wusste instinktiv, Anthony *musste es* erfahren haben!
>>Komm! ...tu es!<< forderte er.
Seine rechte Hand rutschte ab!
Die Mutter erschrak. >>Peeeter!<<
Auch Amy schrie. >>Neeein!<<

Doch ergriff eine fremde Hand, Peters Hand: es war Franz!
>>Ich hab dich! Ich lass dich nicht los!<<

Anthony fluchte. >>Sie gehört mir! - Mir!<<
Amy traute ihren Ohren nicht.

Der Frachter legte weiter ab, während bereits der diensthabende Offizier auf beide Jungs zueilte. >>Seid ihr verrückt?<<
Doch Franz blickte grässlich nur zu Anthony.
>>**Du** hast es nicht besser verdient!<<
Und zog Peter den ersten Meter hoch.
Währenddessen pflaumte der bärtige Offizier Peter an:
>>Bist du des Lebens?<< Kaum stand Peter endlich auf Heck, ergriff er hart seinen Bruder. >>Was tust du? Was soll das?!<<
Doch Franz - **lachte!**
Dann blickte er zu Anthony und lachte diesen aus, während er nun von seinem Bruder gar gerüttelt wurde!
>>**Was** tust du Mum an?<<
Doch Franz blickte nur verspottend und lachend zu Anthony.

Der Seemann wollte beide trennen. >>Seid ihr beide verrückt?<<
Franz glühte. >>Wir werden dem deutschen Reich dienen.<<
Er blickte höhnend zu Anthony. >>Wir werden *Hitler* dienen!<<
Dem Offizier platzte der Kragen. >>Ruhe jetzt.<<
Woraufhin er weitab - hinten im Hafen - die Stimme der Mutter vernahm. >>Fraaanz…!<<
Peter blickte zum bärtigen Offizier. >>Er will in den Krieg! Das darf nicht!<< Doch der Seemann musste enttäuschen.
>>Wir sind des Landes verwiesen. Wir können nicht umdrehen.<<
Peter blickte zurück zu seiner Mum und zu Grandpa. Und entdeckte nun erst Amy, während der Frachter bereits weitere 20m zurückgelegt hatte. Doch das hielt Anthony nicht davon ab, nochmals Peter hinterher zu rufen. >>Dafür wirst du bezahlen! Ich bring dich um!<<

Und Franz:
- Franz lachte.
- apathisch.
- irgendein Schalter musste in ihm umgelegt worden sein.
- er war nicht mehr Herr seiner selbst.

Peter blickte verzweifelt zu seiner Mum, zu Amy und zu Grandpa. Energisch rüttelte er nochmals seinen Bruder.

>>Franz! Komm!<<

Doch Franz blickte nur...ließ sein Grinsen verschwinden... und krallte wortlos und demonstrativ seine Hand um die Reling. Peter konnte es nicht fassen. >>Franz! Wir müssen springen!<< Franz hielt sich weiterhin fest und blickte hinüber zu seiner Mum und zu Grandpa, während seine Augen erneut feucht wurden.

Sein Blick schweifte hin zu Amy - und dann zu Anthony.

Wobei er plötzlich wieder laut auflachte und mit langem Finger auf Anthony wies:

- um sich lachend umzudrehen.

- um einfach zu gehen.

Und nun war es Peter, der mit den Tränen kämpfte: er wusste, er musste an Bord bleiben. Er *musste* auf seinen Bruder aufpassen, denn dieser schien nicht mehr Herr seiner selbst zu sein.

Getroffen blickte Peter zurück zu Amy:

- er konnte nicht anders.

- ihm waren die Hände gebunden.

- gebrochen hob er den Arm... - ...und winkte.

Doch Amy, die ebenso mit den Tränen kämpfte, wandte sich ab. Sie konnte das alles nicht mehr mit ansehen.

Sie ging.

Peter zerbrach es das Herz.

Gebannt betrat Anthony am darauffolgenden späten Nachmittag den Strandverlauf am Atlantik, den sie einst als Teenager immer aufsuchten…und tatsächlich: dort saß Amy.

Den halben Tag über hatte er sie bereits im Ort gesucht, umso mehr war er nun erleichtert - und doch aber auch angespannt. Und so tat er sich schwer von hinten auf sie zuzutreten, doch es musste sein.

Wortlos blieb er neben ihr stehen: und dass sie ihn längst bemerkt hatte war ihm klar, denn deutlich spürte er ihre Abneigung. Dann begann sein Herz erbarmungslos zu rasen: denn es war klar, dass er sich nach dem Auftritt des vergangenen Tages eine ordentliche Breitseite einhandeln würde. Doch sie war nicht schuldlos. Dies unterstrich sein strenger Blick.

Doch er wusste, so durfte er ihr nicht kommen.

Vorsichtig, mit ersten kargen Worten, begann er dann sein Fehlverhalten zu erklären: dass er in seinem Zorn - da sie sich auf Peter eingelassen hatte - die Kontrolle verloren hatte.

Doch er war - wohlwissend einer Bestrafung durch die Royal Navy - diesen einen Tag extra länger in Swansea geblieben, um sich mit ihr auszusprechen. Dies teilte er absichtlich ebenso mit.

Von Amy kam nichts. Sie blickte weiterhin nur aufs Meer. Anthony atmete tief durch, die befürchtete Breitseite war nicht eingetreten. Verhalten setzte er sich daraufhin zu ihr.

Auch Amy nahm einen tiefen Atemzug: sie wusste, dass sie schuld am Ganzen war. Doch sie strengte sich an, in sich selbst kein schlechtes Gewissen aufkommen zu lassen.

Warum auch? Sie hatte nach ihren wahren Gefühlen gehandelt. Und dies teilte sie ihm im beginnenden Gespräch dann auch genauso mit: es waren ihre Gefühle, die sie geleitet hatten.

Obwohl sie ebenso auch für ihn etwas empfand, doch es war keine Liebe. Sie selbst gestand sich ein, dass sie sich selbst da etwas vorgemacht hatte.

Anthony ließ ihre Worte überraschend genau so stehen und akzeptierte sie. Denn er wusste, taktisch würde er nur so weiterkommen. Und das wollte er: weiterkommen.

Weiterkommen im Sinne von: es vorsichtig zu schaffen, zurückzukommen zu dem, was einst mit ihnen beiden gemeinsam war. Aus diesem Grunde verwies er darauf, dass er es akzeptierte, wenn sie sich selbst eingestand, dass sie sich selbst etwas vorgemacht hatte. Und genau aus diesem Grunde - so sprach er weiter - aufgrund ihrer Ehrlichkeit, blieben seine Gefühle für sie trotz allem präsent.

Und Peter:
- sie würde ihn nie wieder sehen.
- das müsse ihr klar sein.

Und außerdem - so untermauerte er - da waren einst Gefühle zwischen ihnen beiden: in New York.
Sie beide hatten es doch gespürt: folglich gehöre sie zu ihm.

Da war es wieder: dies Fordernde.
Doch sie verspürte keinen Drang darauf einzugehen.
Und trotz seiner fordernden Art, verstand sie natürlich auch, dass er es in seiner Art nur gut meinte.

Dann machte Anthony einen weiteren Fehler, er unterstrich extra nochmals, dass sie beide zusammen gehörten.
Daraufhin riss ihr dann doch der Faden:
wie er um Gottes Willen sich alles immer zusammen reimte?
Und sogleich steigerte sich die Aussprache in ein heftiges Wortgefecht.

Danach saßen sie wortlos nebeneinander und schwiegen.

Nach einem längeren Augenblick begann eine erneute Diskussion, die wieder in einem Schweigen endete.

Und während diesem ganzen Hin und Her spürte Anthony, dass bei Amy tatsächlich noch Gefühle für ihn vorhanden waren: ansonsten wäre sie längst gegangen. Und dies war mit einer der ausschlaggebenden Gründe, dass er ihr gegenüber aussprach, dass er ihr die Nacht mit Peter sogar verzeihen würde.

Sie antwortete darauf nicht. Doch ihr Blick sagte klipp und klar: als ob er über sie entscheiden könnte?
Dennoch aber unternahm sie keine Anstalten aufzustehen, um zu gehen.
Stattdessen hielt sie weiterhin ihren Blick aufs Meer.

Es folgte ein weiterer, längerer Monolog von Anthony. Und irgendwann dann - es war schon in der untergehenden Sonne - bemerkte sie sitzend im Sand, wie Anthony vorsichtig seine Hand auf ihre Schulter legte.
Und erschöpft des zweistündigen Streitgespräches, ließ sie sich tatsächlich in die Arme nehmen.
Denn auch sie wollte trotz allem endlich nur noch:
Ruhe. Frieden. Und nicht mehr reden.
Nicht mehr reden.
Es war alles gesagt.

Des Weiteren sah sie ein, dass er mit seiner Äußerung Recht hatte: aufgrund des Kriegsausbruches würde sie Peter niemals wieder sehen.

Tage später horchte Amy im Haus ihrer Verwandten an einer Tür, denn die Töchter waren in einem entscheidenden Gespräch mit ihren Eltern, während Mary-Anne einen Entschluss mitteilte.

>>Mum. Dad. Die Entscheidung ist schon vor langer Zeit gefallen. Wir sind erwachsen. Und ich fühle mich wohl, wenn ich im Krankenhaus aushelfe. Ich möchte Menschen helfen.<<

Pam trat zu Mary-Anne und unterstützte sie.

>>Und Onkel Jeffrey sagt, er wird mir eine Ausbildung besorgen.<< Sie wies auf Monica. >>Und Monica hat sich schon immer im Frauenkloster mit eingebracht: es ist ihre Erfüllung.<<

Monica umarmte ihre Eltern und erklärte warmherzig.

>>Macht euch keine Sorgen. Es wird Zeit, dass wir unsere eigenen Wege gehen.<< Mary-Anne verwies auf ihre Cousine.

>>Amy tut dies bereits seit langer Zeit in New York und ihre Eltern akzeptieren...<< >>Ihren sturen Kopf.<< unterbrach der Vater.

Pam erklärte. >>Nein. Sie weiß, was sie will.<<

Sie blickte ihre Geschwister an und endete bei ihren Eltern.

>>Und ich denke, es liegt in der Familie, im Blut, dass auch wir...<<

Nun unterbrach die Mutter. >>Einen solch sturen Kopf habt.<<

Mary-Anne sprach Pams Satz zu Ende. >>Das auch wir wissen, was wir wollen.<< Monica war in Gedanken, bezüglich ihrer Cousine. >>Sturer Kopf hin oder her: Amy wird nächste Woche abreisen.<< Monica tat es leid, was im Hafen geschah.

>>Vielleicht aber ist es gut so, denn sie ist maßlos enttäuscht. Und gewinnt so mehr Abstand davon, dass Peter sie hat stehen lassen.<< Mary-Anne versuchte Verständnis aufzubauen.

>>Er musste.<< Woraufhin sie Pam an sich nahm, die noch um Franz trauerte. Und trotzdem ergänzte Pam warmherzig.

>>Es hat ihr einen Knacks im Herzen eingebracht.<<

Zur Überraschung trat Amy ins Wohnzimmer ein.

Und die Familie erkannte, sie wollte eine Entscheidung loswerden. >>Ich habe mich entschieden: ich bleibe hier.<< sprach sie. Um zu ergänzen. >>England ist auch mein Mutterland.<<

>>Da ist er, der Knacks.<< bestätigte Amys Tante.

Doch Amy unterstrich. >>Ich bin hier geboren.<<

Ihr Onkel aber wies sie zurecht. >>Du bist Amerikanerin.<<

>>Und hier geboren.<< konterte Amy.

Amys Tante fühlte ihr auf den Zahn. >>Und deine Eltern?<<

>>Sie werden es akzeptieren.<< entgegnete Amy. Und unterstrich.

>>Sie müssen.<< Der Onkel hakte nach. >>Sie müssen?<<

>>Verstehen, dass ich meinen Weg gehe.<< antwortete sie. Und wies auf die Mädchen. >>Mary-Anne, Pam und Monica wollen es ebenfalls.<< Amys Tante hielt dagegen. >>Amy.<<

Doch Amy blieb bei ihrer Entscheidung. >>Ich werde nicht untätig bleiben. Ich fühle mich England mehr und mehr verbunden.<< Sie blickte standhaft. Denn ihre Entscheidung, die sie schon lange Zeit in sich trug, war längst gefallen. Und es war Zeit, dies den Southbergs mitzuteilen.

>>Ich werde mich bei der Royal Air Force als Pilotin melden.<<

Dem Onkel und der Tante war das Staunen ins Gesicht geschrieben.

Den Mädchen ebenfalls. Sie aber staunten vor Begeisterung.

Amy erklärte weiter. >>Was ihr nicht wisst, ist, dass aufgrund so mancher Nachfrage durch weibliche Piloten aus dem ganzen Land, die Air Force in Erwägung gezogen hat, gegebenenfalls eine Staffel mit ausschließlich weiblichen Pilotinnen ins Leben zu rufen.<< Die Mädchen waren baff und kamen auf ihre Cousine zu, um sie zu umarmen.

Sie waren hocherfreut: Amy würde bei ihnen bleiben.

- - -

Bereits kurze Zeit später sprach Amy bei der Royal Air Force vor.
Männliche Piloten, die sie auf dem Weg zu ihrem Vorstellungsgespräch sahen, trauten ihren Augen nicht:
Frauen bei der Air Force?

Amy wurde an diesem Tag in einen Lehrraum zu weiteren bereits 14 anwesenden Frauen begleitet, um mit dem heutigen Tag gegebenenfalls für kommende Tests und Prüfungen aufgenommen zu werden. Ihr wurde ein Platz zugewiesen.

Und nach Auswertung erster leichter Tests und einem körperlichen Gesundheitscheck, fand sie sich abends inmitten der Anwärterinnen in einem Gemeinschaftsschlafraum wieder: sie hatte die erste Hürde geschafft.

Direkt am nächsten Tag bemerkte sie, der Lehrplan war intensiv: denn ein stramm daher erscheinender Leutnant begann - wie aus einem militärischen Lehrbuch - die jungen Frauen über technische Dinge, Maßeinheiten, Spritverbräuche verschiedener Flugzeuge, sowie Routenberechnungen unterschiedlichster Art zu unterrichten.

Motiviert durch den eigenen Willen - den Männern gegenüber nicht zu versagen - und angespornt durch den Drill, notierten die Frauen fleißig zwei Wochen lang alles mit.

An dem ersten Wochenende dieser zwei Wochen, durften die Anwärterinnen die Airbase nicht verlassen. Und so kam es, dass Anthony - dessen Kreuzer zur Überholung in einem Dock lag, und er durch ein Telefonat mit Amy wusste, dass sie nicht nach Hause fahren durfte - Amy vor dem Tor ihrer Airbase überraschte.

Amy war stutzig, als sie die Nachricht erhielt aus dem Fenster ihrer Schlafhalle zur Eingangspforte zu blicken und sie ihn dort sah. Doch natürlich trat sie auf die Pforte der Airbase zu und begrüßte ihn, da ihr bewusst war, dass er mindestens extra einen halben Tag lang mit dem Zug angereist sein musste.

Zeitgleich arbeitete Mary-Anne als Krankenschwesterschülerin. Und so, wie sie es sich vorgestellt hatte, wurde ihr durch die erfahrenen Krankenschwestern, von Tag zu Tag immer mehr Verantwortung anvertraut. Und so brachte es ihr viel, von Woche zu Woche den Menschen mehr und mehr helfen zu können.

Pam wurde als angehende Funkerin in ihrer Base ausgebildet - und rasch in das System der kontinuierlichen, teils sogar streng geheimen Funkbewegungen eingeführt. Die sie dann unter Beobachtung altgedienter Offiziere archivierte und teils sogar weiterleitete. Sie war sich der großen Bedeutung - besonders bei den strenggeheimen Funkweiterleitungen - sehr wohl bewusst, denn ein von ihr falschverschlüsselter Funkspruch, konnte und würde über Leben und Tod an der Front entscheiden.

Monica legte in einem Frauenkloster mit einigen weiteren jungen gottesfürchtigen Schülerinnen ein Gelübde ab. Und sie dankte Gott dafür, dass ihre Eltern, mit weiteren Verwandten der anderen Schülerinnen, dem Gottesdienst mit dieser besonderen Zeremonie beiwohnen durften. Und dieser Schritt war, wie sie es sich erwünscht hatte, ihre Erfüllung.

Nach einer weiteren Woche intensiver Tests, Schulungen und sogar einiger Testflüge, durfte Amy endlich die Airbase verlassen.

Anthonys Kreuzer lag noch immer im Dock, also überraschte er sie vorn am Schlagbaum ein weiteres Mal - und gemeinsam fuhren sie nach Swansea.

Nach dem Wochenende reiste Anthony wieder zu seinem Schiff.

Und tags darauf gab die Post bei Amys Verwandten einen Brief der Air Force ab.
Nervös öffnete Amy den Brief.
Und entzückt eilte sie mit der Nachricht zu ihrem Onkel und ihrer Tante an den Mittagstisch: man hatte sich bei der Air Force unter anderen auch für sie entschieden!

Stolz gingen eine Woche später die auserwählten Anwärterinnen in kleiner Gruppe über die Airbase,…
doch überall erwarteten sie weiterhin nur skeptische Blicke der männlichen Piloten.
Die Frauen hingegen reagierten selbstbewusst: hatten sie sich doch schon im Vorfeld mittlerweile daran gewöhnt.

Der Leutnant führte sie derweil in einen der Flugzeughangare.
Und die Frauen bemerkten, selbst das Bodenpersonal dort erwartete sie mit kritischen Blicken.
Vor einigen fabrikneuen Flugzeugen stoppte der Leutnant und begann zu erklärten. >>...Sie sollten also Respekt vor dieser Entscheidung haben, dessen Befehl der Royal Air Force nicht leicht gefallen ist. Und dass Sie - als die wenigen ausgesuchten ATA Pilotinnen überhaupt - hier nun stehen dürfen.<<
Er wies auf die Flugzeuge. >>Und so ist das, was Sie hier sehen, Ladies, das was wir Ihnen erlauben zu fliegen: fabrikneue und reparierte Flugzeuge jeden Typs.<<
Die Frauen blickten.
Der Leutnant fuhr fort.
>>Flugzeuge, teils ohne Munition, die Sie zur Front bringen.<<

Die Frauen schauten skeptisch, wobei eine Pilotin ihren Mut zusammen nahm. >>Sir. Wir fühlen uns jedoch verpflichtet, in diesem Krieg...<< >>Fabrikneue und reparierte Maschinen an die Front fliegen zu dürfen. Und sonst nichts.<< unterbrach er. Und blickte entschlossen. >>Die Entscheidung der Air Force. Den Vertrag, den Sie unterschrieben haben.<<
Gebeutelt schauten die Frauen auf den Leutnant: Sie wollten an die Front. Doch sie durften nicht, weil sie Frauen waren.

Dennoch aber begannen sie am kommenden Tag mit den Vorbereitungen für ihre ersten Einsätze.

Amy bestieg eines dieser neuen Flugzeuge. Rasch überflog sie mit einem Blick die Armaturen des Cockpits, checkte verschiedene Schalter und Messgeräte – und startete die mächtige, blubbernde Maschine.

Es war ein tolles Gefühl: so viele Jahre hatte sie davon geträumt. Ihr Berufswunsch war Wirklichkeit geworden:
und sie war nun nicht nur eine Pilotin, sondern auch noch eine für die Air Force.

Innerhalb von Wochen flog sie die verschiedensten Flugzeuge zur Front. Um dann entweder mit dem Zug oder mit noch fliegenden, reparaturbedürftigen Maschinen wieder zurück zur Airbase zu gelangen, die man vor Ort nicht reparieren konnte.

Zwei aufregende Monate vergingen - und sie ging richtig in ihrem Beruf auf.

Dann kam sie ein erstes Wochenende nach Swansea zurück und berichtete mit glühenden Augen ihren Verwandten gegenüber von ihren Einsätzen.

Auch Anthony erschien im Ort.
Der Zufall wollte, dass sich sein kleiner Kreuzer in Swansea für einen Tag zum Bunkern von Kohle eingefunden hatte.
Unbefangen trafen sie sich. Und gemeinsam genossen sie den Frieden. Wobei Anthony - wie in den vergangenen Monaten - seine Zuneigung zeigte, doch nicht aufdringlich:
- er hatte dazu gelernt.
- er wusste, er hatte Zeit: denn einen Peter gab es nicht mehr.
- er wusste, irgendwann würde sie sich nicht mehr wehren.

Und so fuhr Anthony, wann immer es die Landgänge der Royal Navy und die Entfernungen zuließen, mit dem Zug quer durchs Königreich zu Amys Air Base.

Ein ums andere Mal trafen sie sich auch immer wieder in Swansea. Und verwundert stellte Amy eines Tages fest:
dieser Anthony war nicht der, den sie in Erinnerung hatte.
Sollte er sich geändert haben?

Tatsächlich kam er ihr eines Tages näher - und sie ließ sich küssen.

Weitere Wochen später schliefen sie das erste Mal miteinander.
Doch es war nicht so, wie Amy es sich vorgestellt hatte.
Irgendwie war sie seinem Treiben verfallen und fand sich mit ihm in einem schäbigen Hotel in der Nähe ihrer Air Base wieder.
Im Lichte des Mondes lag sie da. Er schlief.
Während sie jedoch mit offenen Augen in die Nacht starrte: war es richtig gewesen?

Unangemeldet überraschte er sie acht Wochen später damit, dass er ihr in Swansea vor Freunden einen Antrag machte. Und er war sich sicher, diesen Antrag würde sie vor all den Anwesenden nicht ablehnen.

Drei Monate später, es war kurz vor Weihnachten, wohnten Mary-Anne, Pam und Monica, in einer kleinen vom Schnee bedeckten Kapelle, Onkel Jeffreys Messe bei: denn er gab Amy und Anthony seinen Segen.

Beide standen in Uniform vor dem Altar, wobei Amys Onkel und Tante, Anthonys Familie, einige Nachbarn und einige seiner Seemannskameraden die Gemeinde abrundeten.

Während der am Abend stattfindenden Festlichkeit wünschte sich Amy, dass er sich ein bisschen mehr um sie kümmern würde, denn er gab sich ausschließlich mit seinen uniformierten Kameraden dem Feiern hin.

Und genauso genoss er die Hochzeitsnacht: nur an sich denkend.
Amy bemerkte, ihre Gedanken waren woanders.

Am nächsten Tag nutzte Pam die Gelegenheit und besuchte abends im Nachbardorf ihren Onkel Jeffrey.

Nachts auf dem Dachboden stellten sie gemeinsam eine bestimmte Frequenz am Funkgerät ein. Beide blickten auf die Wanduhr, warteten, woraufhin Pam dann einen deutschen Funkspruch abgab.

Nach diesem Wochenende packte Anthony seinen Seesack, gab Amy einen Kuss und verschwand durch die Tür seines Elternhauses hin zu seinen Seemannskameraden, die bereits in einem Automobil auf der Straße im Ort auf ihn warteten.

Amy und ihre Schwiegereltern blickten ihm nach.
Amy jedoch in tiefen Gedanken.

- - -

Am 21. Mai 1941 lag Die Bismarck majestätisch im norwegischen Hafen von Bergen. Der schwere Kreuzer Prinz Eugen, weitere drei Zerstörer und weitere Sperrbrecher, sowie Flottillen rundeten den Geleitschutz des Schlachtschiffes im Hafen an diesem Morgen ab: wobei Die Bismarck eine Korrektur ihres Tarnanstriches erhielt, den sie zuvor in Kiel erhalten hatte.

Beeindruckt vom Anblick dieses Flottenaufgebotes stand Peter vorn auf Bug der Bismarck, vor dem Turm Anton, seinem Arbeitsplatz.
Er war in Gedanken und verfolgte die Malarbeiten.
Viel Zeit war vergangen. Sehr viel Zeit.

Drei Kameraden schlenderten an ihm vorbei, sie waren gut gelaunt, denn Die Bismarck war zwecks dieser ersten Fahrt vor wenigen Tagen mit großem Tamtam aus dem Hamburger Hafen verabschiedet worden. Plötzlich riss der erste der Kameraden lachend die Augen auf. >>Da war sie!<<
Auch Peter blickte wie die anderen Matrosen in die gewiesene Richtung. Der zweite Kamerad höhnte. >>Jetzt fängst du auch noch damit an.<< Der dritte Kamerad zog dem ersten ans Ohr. >>Du und deine Halluzinationen. Diese Katze ist ein Mythos.<<
Sie lachten und gingen weiter.

Franz steuerte derweil mit einigen Genossen lachend auf Peter zu, während er Rede und Antwort stehen musste. Denn die Kameraden konnten etwas ganz Bestimmtes nicht glauben.

>>…und du hast mit deinem Bruder direkt vor ihm gestanden?<<
>>…wieviel Meter?<< wollte der zweite wissen.
>>…hat er euch die Hand gegeben?<< bohrte der dritte.

Franz lächelte nur - und sprach zum vierten, etwas gewichtigen Kameraden, den er wohl ins Herz geschlossen hatte.
>>Hätt ich das gewusst, ich hätt mir von Adolf persönlich Bilder signieren lassen sollen. Die könnt ich jetzt richtig gut verkaufen<<
Die drei anderen Kameraden höhnten lachend: Ha, Ha.
Und drehten ab.

Franz schritt mit dem gewichtigen Kameraden, der aus Bayern kam, weiter auf Peter zu und sprudelte euphorisch los.
>>Bruderherz! Unser erster Funkoffizier hat´s nochmals bestätigt: im ganzen Reich sind sie stolz auf uns.<<
Der Bayer hielt im Dialekt eine Münchener Tageszeitung hoch.
>>Dank an die Luftpost!<< Er wies auf zwei Fotos.
>>Selbst in München reden sie noch immer darüber, wie wir in Hamburg, in weißer Uniform, in Reih und Glied und stramm auf Deck, ausgelaufen sind.<<
Die Augen von Franz glühten. >>Ich seh noch immer den Stolz in Vaters Augen.<< Er ergriff die Schulter des Kameraden.
>>Und genieße diese ersten Tage auf großer Fahrt, mit meim neuen bayerischen Freund, den ich sonst nie kennengelernt hätte.<< Mit der anderen Hand ergriff er Peters Schulter.
>>Unser Traum is in Erfüllung gegangen: wir sind mit an Bord.<<
Doch Peter wich dem Blick seines Bruders aus, er war noch sauer.
Franz und der Kamerad bemerkten es.

Peter schaute hinüber zur mächtigen Prinz Eugen, sie lag 200m entfernt. Denn er wollte weiterhin keinen Blickkontakt mit Franz.

Franz versuchte seinen Bruder derweil mit einer These aufzuheitern. >>Kennst du die Taktik der Engländer? Ich mein, *wir* laufen in erster Reihe. Aber sie haben Angst, sie gehen immer auf Nummer sicher. Jahrhundertelang sind ihre wertvollsten Kriegsschiffe immer erst in zweiter Reihe gelaufen.<< Der Bayer ergänzte abfällig. >>Im Kielwasser vom Vordermann. Da, wo´s sicher ist.<< Franz erklärte weiter.
>>Deshalb lassen sie bereits jetzt, immer die Prince of Wales vor der Hood laufen.<< Der Bayer blieb abfällig.
>>Is allgemein bekannt: sie haben Angst.<<
Die beiden lachten.
Doch Peter nicht, er blieb weiterhin sauer auf Franz.

Ein Matrose unterbrach rufend aus der Entfernung.
>>Artillerie-Unteroffizieranwärter, Moritz Schneckerl!<<
>>Koje aufräumen! Spieß in Anmarsch!<<

Der Bayer riss die Augen auf und verschwand in die gerufene Richtung.

Franz blickte dem kräftig gebauten Kameraden nach, währenddessen Gedanken aufkamen: Gedanken an England.
>>Und Anthony… - …er ist nicht mehr auf der Electra.<<
Peter horchte auf.

Franz genoss es, was er über Anthony wusste.

>>Er ist versetzt worden. Vor einiger Zeit. Aber nicht auf Die Hood: sondern auf Die Prince of Wales. Ich weiß es von Pam. Ganz dumm muss er jetzt vor der Hood daher schippern.<< Er verhöhnte ihn. >>Und ist immer noch nicht an Bord seines Traumschiffs.<< Franz grinste und brachte es auf den Punkt. >>Er hat nun mal nicht so viel Glück wie wir.<< Er breitete die Arme weit aus. >>Und hat den Hauptgewinn gezogen!<<

Peter blieb wortlos. Franz lachte weiter. >>Hätte nie gedacht, dass die Geschäftsleitung von Blohm & Voss so viel Einfluss hat. Und spätestens durch Pam weiß er - bevor wir in Hamburg in See gestochen sind - dass ich in der Funkleitzentrale und du im Turm Anton bist. Und wir stolz unsern Dienst fürs Vaterland tun.<<

Peter blieb sauer.
Franz bemerkte es - und ging auf ihn ein, indem er sein Gemüt änderte. Er wollte endlich wieder Frieden schließen.
>>Hör zu. Ich weiß, dass du...<<
Peter unterbrach. >>Ich *muss* mich nicht mit dir unterhalten.<<
Doch Franz sprach weiter.
>>...sauer bist. Auf mich.<<
Peter forderte ihn. >>Und Mum?<<

Die Gesichtszüge von Franz verfielen: er wusste, Mum ebenso.

Und ja, dieser Einschnitt in ihre Familie erdrückte ihn ebenfalls.
>>Hör zu.<< Er benötigte eine Sekunde.
>>Wir müssen zusammenhalten. Ich wollte sie nicht verletzen.<<
Es tat ihm sehr leid.
>>Und ihr Schritt, vor einem Jahr...der belastet mich ebenso.
Aber die Scheidung kam von Mum. Aus England. Nicht von
Vater. Und keine Ahnung, wie´s Mum´s Rechtsanwalt geschafft
hat, Vater die Papiere ins Reich zukommen zu lassen.<<

Peters Blick wanderte vom Hafen aufs Meer.
Das alles war so schmerzhaft.

Franz ging nochmals auf ihn ein.
>>Es tut mir wirklich sehr leid. Besonders für dich.<<
Doch Peter starrte weiterhin vor sich hin.
Franz wusste diese uferlosen Gedanken seines Bruders zu
deuten: da war *noch* etwas. Etwas weiteres schmerzhaftes.

Franz ließ sich Zeit. Um dann vermittelnd auf seinen Bruder
einzugehen. >>Peter...hey.<< Er hielt inne.
>>Und das, was ich da noch in deinen Augen sehe...<<
Er wollte ihn nicht verletzen. >>...ist eineinhalb Jahre her.<<

Peter wich ein weiteres Mal mit seinem Blick aus.
Alles tat so weh. Er schaute auf die Marinesoldaten, die den
Tarnanstrich an ihrem Giganten korrigierten.
Franz versuchte weiter sich mit Peter zu versöhnen.
>>Auch hier müssen wir Pam glauben.<<

Franz sah, wie sein Bruder kämpfte und versuchte zu vermitteln. >>Ich...-...bin weiterhin und regelmäßig auf Frequenz. Pam weiß es.<< Doch ihm waren die Hände gebunden. >>Ich kann nur nicht mehr - wie zu Hause - antworten. Sie werden uns orten.<< Dann kam er auf sich selbst zu sprechen. >>Weißt du: Pam und ich. Wir haben das mit uns immer locker gesehen.<< Er haderte - suchte nach den richtigen Worten - und nahm Peters Schulter. >>...ich meine: wieviel Wochen sind vergangen?<< Peter schwieg. Franz musste enttäuschen. >>Es ist äußerst fraglich, dass die Reichspost deinen Brief im Krieg persönlich ins Königreich trägt. Sie wird ihn nicht erhalten.<<

Wortlos kommentierte Peter diesen Satz und blickte auf die Armada der Kriegsschiffe. All das Geschehene war weiterhin schmerzhaft. Franz kam zum abschließenden Punkt. >>Sie ist nun mal enttäuscht, dass du auf dem Frachter bei mir geblieben bist.<<

In diesem Augenblick vernahmen beide ein weit, weit entferntes Geräusch und blickten in den Himmel: ein englisches Flugzeug!

Aus der Kanzel des feindlichen Aufklärers heraus erkannte der Pilot zwischen einigen Wolkenlücken den deutschen Flottenverband im Hafen und sah, einige dieser Kampfschiffe wurden betankt. Sofort setzte er einen Funkspruch ab. >>Sichte im Hafen von Bergen schweren feindlichen Flottenverband. Es ist Die Bismarck mit der Prinz Eugen!<< >>Wiederhole: Bismarck, mit Prinz Eugen in Bergen!<<

An Bord der Bismarck beobachteten Peter und Franz - sowie nun auch weitere Marinesoldaten - das Unheil, doch traute Peter irgendwie seinen Augen nicht. >>Eine Spitfire! Hier?<< Franz klärte auf. >>Die Spitfire fungiert als Aufklärer.<< Peter entgegnete. >>Aber sie kann von unserm Unternehmen Rheinübung nichts wissen.<< Franz mutmaßte. >>Sie muss einen Tipp vom norwegischen Widerstand erhalten haben. Niemals würde sie sich sonst derart weit in unsern Luftraum wagen.<< Peter blickte weit um sich. >>Wo sind unsere Jäger?<< Franz war sich sicher. >>Der Tommy hat uns.<<

Nur eine Sekunde darauf erklang ohrenbetäubend die Sirene des Schiffes. Gleich darauf die der anderen Schiffe und die des Hafens. Bis ins Mark hinein erschauerten sie. Franz rief. >>Zurück auf Posten! - Los!<<

Zwei Tage später, es war der 23. Mai 1941, übergab Amys Leutnant seinen Pilotinnen auf dem Luftlandestützpunkt ihrer Royal Air Force neue Befehle und Flugrouten. >>Susan und Maggie. Sie werden erneut in Richtung Dover fliegen - und...<< Er blickte in weitere Unterlagen. >>...die beiden Spitfire bis zum Nachmittag Vierzehnhundert am dortigen Luftlandestützpunkt abgeben.<<

Er wühlte erneut in seinen Unterlagen und wurde fündig.

>>Der vor Ort zuständige Luftlandekommandant McLean wird Sie mit zwei beschädigten Maschinen am morgigen Tag zurückbeordern.<<

Er kramte in neuen Papieren.

Eine der Pilotinnen flüsterte zu Amy. >>Hey... Wie sieht´s denn jetzt bei dir aus?<< Amy mühte sich zu sprechen.

>>Die ständigen Bedenken meiner Schwiegereltern sind und bleiben.<< Sie wies um sich, auf ihren Dienst.

>>Sie sind weiterhin dagegen.<<

Ihre Freundin wusste auch warum. >>Weil wir Frauen sind.<< Amy nickte. >>Richtig. Aber ich verhalte mich ganz ruhig.<< Die Freundin überlegte, da war noch was.

>>Und die andere Sache?<<

Amy atmete tief. >>Sie helfen. Wir nehmen die Hilfe an.<< Die Freundin verstand. >>Was bleibt euch anderes übrig: du bist hier. Er auf See.<< Ihr fiel aber nochmals etwas ein.

>>Apropos: die Nachricht? Ist sie schon da?<<

Amy war guter Dinge.

>>Anthonys Brief hätte gestern kommen müssen.<<

Die Freundin horchte. Amy ergänzte. >>Sein Gesuch hat aber Gehör gefunden. Sie beraten nur noch darüber, wann er übersetzen kann.<<

Der Leutnant räusperte. >>Ich bitte um Ruhe.<<

Amys Pilotenfreundin begann noch leiser zu flüstern.
>>Vom Kadettschüler, bis zur Prince of Wales. Dein Mann ist doch jetzt schon 'n Überflieger.<< Amy dankte dafür.
>>Und jetzt nur noch der letzte Schritt: er hat immer davon geträumt.<< Die Freundin überlegte nochmals - und hielt dagegen. >>Aber wir haben unsern Traum auch verwirklicht.<<

Der Leutnant nahm einige Papiere. >>Amy Southberg.<<
>>Sir.<< antwortete sie stramm.
Der Leutnant verwies auf die Papiere. >>Für Sie gibt es dieses Mal eine äußerst seltene Route.<<
Er kramte eine Seekarte hervor. >>Sie fliegen mit dem Svordfish weit aufs Meer hinaus.<< Er blickte sie an. >>Zur Hood.<<
Amys Gesichtszüge entgleisten.
Während gleichzeitig Gemurmel unter den Pilotinnen aufkam.

Der Leutnant schaute durch die Runde. >>Ladies. Wir sind derartige Landemanöver auf See durchgegangen. Sie wollen akzeptiert werden.<< Er blickte zu Amy. >>Oder soll ich etwa einen männlichen Piloten...<<
>>Es wurde besprochen. Wir wurden geschult.<< unterbrach Amy. >>Der Befehl wird ausgeführt. Kein Problem, Sir.<<
Der Leutnant hakte nach. >>Kein Problem, Sir?<<
Sie gab ihm keinen Spielraum. >>Kein Problem, Sir.<<
Der Leutnant verstand.
Doch er musste ihr noch reinen Wein einschenken. >>Allerdings ist Die Hood so weit draußen, wenn Sie sich verfliegen, kehren Sie nicht wieder zurück.<< Amy atmete tief, blieb aber entschlossen. >>Zum Glück haben wir Kartenlesen und Navigieren auf See erlernt. Sir.<<

Die Frauen im Raum waren beeindruckt und murmelten untereinander: Amy hatte ihm ordentlich die Stirn geboten.

Knatternd lief der Motor des Doppeldeckerwasserflugzeuges auf dem Rollfeld warm. Ein Mitarbeiter des Bodenpersonals checkte vorn die blubbernde Maschine. Amy ging währenddessen mit ihrer Fliegerhaube auf, um das Flugzeug und vollendete so ihren Kontrollgang. Dann trat sie auf einen der Schwimmer des Svordfishes und schwang sich ins Cockpit hoch. Mit Blick auf die Anzeigen betätigte sie einige Schalter, schaute zum Mechaniker und gab zweimal Schub.

Der Mechaniker der Airbase nickte und zeigte den Daumen.

Erst jetzt bemerkte Amy eine heraneilende Büroangestellte, die von weitem laut ihren Namen rief. >>A m y !<<
Amy ließ den Motor weiter im Leerlauf knattern, sie wartete, während sie sich ihre Handschuhe überstrich.

Die Büroangestellte erreichte sie und sprach so laut sie konnte gegen den Motor an. >>Ein Brief!<< Sie hielt ihn hoch.
>>Danke! Es ist Anthony!<< lachte Amy und winkte hocherfreut ab. Um laut zu erklären.
>>Du weißt es noch gar nicht: er sollte in diesen Tagen auf Die Hood versetzt werden!<< Sie wies auf den Brief, der noch immer in der Hand der Büroangestellten war.
>>Das ist sein Antwortschreiben! Es hat geklappt!>>
Sie lachte. >>Und ich werde ihn auf See überraschen!<<
Amy winkte nochmals dankend ab. >>Ich lese ihn später.<<

Doch die Büroangestellte verneinte. >>N e i n !<<
Sie hielt den Brief nochmals hoch. >>Er kommt aus Hamburg!<<

Amys Gesichtszüge verfielen:
- ihr Herz pochte!
- das konnte nicht sein!

Zitternd nahm sie den Brief nun doch entgegen: es war Peter!

Die Büroangestellte verwies auf die Adresse, die durchge-
strichen worden war, um sie mit der Adresse der Airbase zu
aktualisieren. >>Er wurde von deiner Tante in Swansea, von der
du immer sprichst, hierher weitergeleitet!<<

Rasch entledigte sich Amy ihrer Handschuhe und öffnete
zitternd den Brief.

Die Büroangestellte bemerkte das nervöse Zittern.
Es musste etwas sehr persönliches sein.
Gleichauf entfernte sie sich.
Sie wollte nicht stören.

Mit großen Augen verschlang Amy den Inhalt des Briefes.

Liebe Amy,
ob dieser Brief dich wirklich je erreicht, und wann, weiß ich
nicht. Doch ich hoffe, dass der Weg über meinen Onkel in
der neutralen Schweiz funktioniert.

- - -

Mein Herz ist gebrochen: ...wir haben es vor langer Zeit von
Pam erfahren. Aber trotzdem wollte ich, dass Du diesen
Brief erhältst... ...bevor Franz und ich nun tatsächlich mit
der Bismarck in See stechen. Denn ich möchte wenigstens
den Versuch gestartet haben, Dir zu sagen, dass Anthony
Dich immer angelogen hat. Du aber hast mir nie die Gele-
genheit gegeben, es Dir in Ruhe zu erklären.
Und ich möchte wenigstens den Versuch gestartet haben, Dir
zu sagen, dass ich Dich trotz allem nicht vergessen kann.

Ich kann dich nicht vergessen.
Ich will dich nicht vergessen.
Ich werde dich nicht vergessen.

...unsere Nacht.
...die zärtlichen Berührungen.
...deine Wärme.
...all das, war echt.
...und wir beide haben es gespürt.

Und so werde ich Zeit meines Lebens an Dich denken, trotz
deiner Vermählung.

Und dann ist da noch etwas.
Etwas - was alles, was mit uns geschehen ist - von Anfang an
hätte anders entstehen lassen:
Die ganzen Streitereien, die wir über die Jahre hatten, sie
wären niemals passiert wenn... ...wenn Du damals
- nach unserem ersten Streit abends am Strand -
am nächsten Tag im Hafen erschienen wärst, als Franz und ich
zurück mussten zu unserer Großmutter.
Wärst Du da gewesen, hätte ich gewusst, dass Du mich liebst.
Alles wäre anders gekommen.

Amy, ich liebe Dich.

PS:
Sage Mum, Franz und ich lieben sie und vermissen sie sehr.

Und das gestickte Emblem:
hast Du es je an Deinem Herzen getragen?

Amy saß geschockt im Cockpit.
Zitternd hob sie die Fliegerbrille, um über die rot unterlaufenen
Augen zu wischen. >>Ich konnte mich nicht von dir verab-
schieden. Es ging nicht...<<

Sie erinnerte sich: sie war damals vor Ort. Doch sie stand
heimlich hinter der Fischhalle im Hafen und beobachtete die
beiden Jungs mit ihrer Mutter auf dem Frachter, wie sie
ihrem Grandpa traurig zuwinkten. In Erinnerung sprach sie.
>>...wegen meinem Stolz.<<

Noch immer knatterte der Motor vor sich hin, während Amy aus dem Innern ihrer Fliegerjacke das gestickte Emblem hervorholte. Es war ein Emblem der Deutschen Heeresflieger, versehen mit einem Hakenkreuz. >>Ich habe es immer dabei.<< Sie befestigte es vorn unter der Cockpitscheibe unter ein dort befindliches Gummi, welches bereits den Flugplan hielt.

Überraschend rannte eine weitere Person auf das Flugzeug zu: es war Pam. >>Amy!<<
Amy traute ihren Augen nicht. >>Pam?<<
Pam erreichte sie. Amy war perplex. >>Was machst *du* hier?<<
Pam pustete noch. >>Onkel Jeffrey hat sich für mich eingesetzt. Gestern gab es den Befehl: ich bin ab heute hier! Bei dir! In der Funkleitzentrale!<<

Der Leutnant entdeckte aus der Entfernung heraus die beiden. Rufend ließ er seinen Unmut raus. >>Amy Southberg! Wir sind nicht in Amerika und träumen vor uns hin.<<
Amy wandte sich an Pam. >>Verdammt. Ich muss...<<
Er untermauerte. >>Wir sind in England und haben Krieg!<<
Amy tat zwei Handgriffe und vollendete ihren Satz Pam gegenüber. >>...in Richtung Island. In Richtung Dänemarkstraße! Zur Hood!<< Pam war überrascht. Amy erklärte weiter.
>>Auf welche Anthony in den letzten Tagen versetzt worden sein muss!<< Pams Augen vergrößerten sich.
Dem Leutnant riss der Faden. Er stampfte auf die beiden zu. >>Sie haben einen Abgabetermin!<< Amy gab Schub.
>>Und noch etwas! Ich habe einen Brief bekommen!<<
Sie hielt ihn hoch. >>Von Peter! Jetzt gerade eben!<<
Pam traute ihren Augen nicht. Amy rollte mit der Maschine an und gab dem Leutnant gegenüber ein Handzeichen der Entschuldigung. Pam war weiterhin baff!
Der Leutnant erkannte an Pams Uniform von welcher Einheit sie war. >>Hey, Funkerin! Verschwinden Sie hier vom Rollfeld!<<

An Bord des schweren Kreuzers Suffolk traute ein Radaroffizier seinen Augen nicht.

Es war am frühen Abend des 23. Mai 1941.

Sie kreuzten in der Dänemarkstraße zwischen Island und
Grönland.

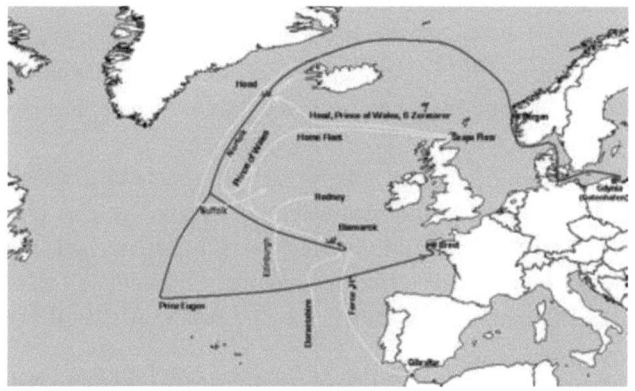

Weit ab und schwach erfasste er auf seinem Bildschirm zwei
Punkte: sogleich löste er Alarm aus.

Zeitgleich redete auf der Bismarck der Bayer Moritz Schneckerl vor der Kajütentür der Kameraden Peter ins Gewissen.
Schneckerl war besorgt. >>...und das merke nicht nur ich, sondern auch die anderen Kameraden.<< Das Gespräch ging wohl schon ein paar Takte länger, denn Peter zog dementsprechend und wortlos ein trotziges Gesicht.
Schneckerl wollte nur das Beste für seinen Freund. >>Was ich damit sagen will, ist, es schlägt aufs Gemüt. Und vielleicht solltest du allmählich beginnen, nicht mehr so hart zu sein.<<

Beide taten die letzten Schritte auf die Kajütentür zu, während ihnen zwei Kameraden entgegen kamen. Der eine dieser Kameraden war tief im Gespräch versunken. >>...angeblich soll sie einem der Offiziere gehören.<< Doch der zweite Kamerad glaubte dies nicht. >>...´ne Katze. An Bord eines Kriegsschiffes?<<
Schneckerl und Peter blickten den beiden hinterher, sie kannten bereits den Mythos. Woraufhin die beiden Kameraden um die Ecke gehend aus ihrem Sichtfeld verschwanden.

Der Bayer konzentrierte sich wieder auf ihr Gespräch.
>>Franz belastet es. Klar, er sagt nichts. Doch es fällt jedem auf. Und so wie du, hat auch er Sehnsucht nach seiner Mum.
Auch wenn er´s ständig überspielt.<<
Er legte den Arm um Peter.
>>Wär´s nich toll...wenn ihr beide wieder Frieden schließt?<<
Peter sagte nichts.
Doch Schneckerls Worte hinterließen Eindruck.
Daraufhin gab ihm der Bayer einen Schubs und öffnete die Kajütentür.

In der Kajüte saß Franz im schlechten Licht mit gut 10 weiteren Kameraden. Sie alle horchten gebannt seinen erklärenden Worten, während einige von ihnen parallel dazu, noch in Büchern die Silhouetten feindlicher Schiffe auswendig lernten.

>>...und die Antwort ist ja.<< Franz blickte durch die Runde.

>>Sie ist ungemein gefährlich. Und die Prince of Wales mit dazu.<< Er bemerkte Peter und den Bayern, wie die beiden sich setzten. >>Doch überlegt mal: wann immer wir mit der Bismarck ein Gefechtsbild, einen Seekampf trainiert und gefahren haben - so war immer Die Hood unser Gegner. Wir haben immer nur mit der Hood trainiert, um auf Vordermann zu kommen. Ihre 38er feuern 2mal in der Minute. Unsere 3mal. Ein jeder von uns kennt sie in und auswendig: also lass sie kommen. Wir sind vorbereitet.<<

Schriller Alarm unterbrach jäh seinen Vortrag!

Die Bismarck hatte den Feind bemerkt.

Und noch während die Borddurchsage lief, sprangen die Jungs aus den Kojen, zogen sich blitzartig an und eilten durch die Gänge.

Auch Peter fegte durch den Schiffsbauch hin zu seinem 38cm Artilleriegeschütz - hin zum Turm Anton.

Dort angekommen, erledigten er und seine 10 Mann Turmbesatzung alle erdenklichen Handgriffe, während Schneckerl sich bereits daran machte mit bayerischem Dialekt durchs Okular zu blicken.

>>...Nebelbänke...Nebelbänke.<<

>>...da! Zwei schwere Kreuzer!<<

>>…schätzungsweise 25 km entfernt.<<

>>...von den Silhouetten her...vielleicht:...<<

>>...die Suffolk. ...und die Norfolk!<<

Ein jeder der Jungs wusste sofort Bescheid, diese beiden schweren Kreuzer waren zwei nicht zu unterschätzende Gegner.

Gebannt warteten sie auf den Funkspruch aus der Leitzentrale.

Dann erfuhren sie über Kopfhörer: dass die hinteren Türme der Bismarck den Befehl erhielten, das Feuer auf die Suffolk und die Norfolk zu eröffnen.

Einen Atemzug darauf vernahmen Peter und seine Kameraden selbst hier vorn im Schiff beeindruckt das Donnern der mächtigen 38er.

Der Captain auf der Brücke der Suffolk beobachtete einen Augenblick später Unheil erahnend die riesigen Detonationsfontänen im Wasser, nahe der Norfolk.

Die Norfolk feuerte zurück.

Der Captain der Suffolk erkannte die Sinnlosigkeit, mit zwei schweren Kreuzern gegen Die Bismarck und Die Prinz Eugen anzukämpfen und sprach zu seinen Männern.

>>Es ist gefährlich, was die Norfolk da macht.<<

Der 1. Offizier brachte sich mit ein. >>Sir. Wir haben keine perfekte Angriffsposition. Die Nebelwand hat sich vor uns zu überraschend geöffnet.<<

Der Captain beobachtete weitere Detonationen der Bismarck in der Nähe der Norfolk und entschied.

>>Wir lassen uns auf keinen ungleichen Kampf ein.<<

Er blickte zum Radaroffizier.

Der gab rasch Antwort. >>Sir. Unsere beiden Großkampfschiffe Die Hood und Die Prince of Wales kreuzen in 300 Seemeilen südlich.<<

Der Captain überlegte, was war zu tun?

Gebannt schaute er zum Fenster hinaus.

An Deck der Hood bemerkte an diesem Abend ein Matrose, wie die Geschwindigkeit ihres Schiffes gedrosselt wurde. Während er ebenso beobachtete, dass auf der 400m entfernt und parallel laufenden Prince of Wales, Matrosen dabei waren, ein Beiboot zu wassern - und die Gangway hinabzulassen. Zeitgleich aber wanderte sein Blick immer wieder in den Himmel. Und dann entdeckte er das - vom Festland aus bereits angekündigte Flugzeug - und sprach laut.

>>Sichte auf Backbord 90°, einzelnes Wasserflugzeug!<<

Er setzte sein Fernglas an. >>Definitiv: es ist der britischer Flieger im Landeanflug auf Die Hood!<<

Neugierig schritten weitere Kameraden auf ihn zu und setzten ihre Ferngläser an.

Der Matrose eilte zum nächsten Sprachrohr und machte Meldung hinauf zur Brücke.

Auf der Brücke wandten sich die Offiziere und der Captain der Hood, Admiral Holland, in die übers Sprachrohr erwähnte Richtung. Mit Blick durchs Fernglas gab der Admiral Befehl.

>>Steueroffizier: Kleine Fahrt. Fahrt voraus.<<

Der Steueroffizier gab sofort den Befehl weiter an den Ruderoffizier. >>Kleine Fahrt. Fahrt voraus.<<

Der Ruderoffizier zog unmittelbar darauf den mechanischen Fahrgeberhebel rastend auf `Kleine Fahrt´ und bestätigte.

>>Kleine Fahrt. Fahrt voraus.<<

Augenblicke später landete in geringer Entfernung der Hood das Wasserflugzeug auf seinen Schwimmern.

Mit knatterndem Motor kam es längsseits des mächtigen Schlachtschiffes und hielt Fahrtgeschwindigkeit.

Die Matrosen beugten sich über die Reling.
Sie trauten ihren Augen nicht:
- der britische Flieger!
- so weit draußen.

Zwei Offiziere erschienen streng durch eine der gepanzerten Lukentüren, woraufhin die Mannschaftsgrade sofort in Grundstellung gingen.
Sogleich setzte einer der beiden Offiziere sein Sprachrohr an.
>>Hier spricht der erste Decksoffizier.<<
Amy entfernte die Fliegerbrille und den Schal um ihr Gesicht und nahm die lederne Fliegerhaube ab.
Die Männer waren sprachlos: Eine Frau! Eine Pilotin!
Mitten auf dem Meer! Sofort brachte der 2. Offizier die Mannschaftsgrade unter Kontrolle.
Amy rief erklärend hinüber. >>Sir. Ich habe den Befehl, diesen Svordfish zur Hood zu bringen! Für Ihr Katapult!<<
Der 1. Offizier bestätigte. >>Hören Sie zu: uns wurde bereits vom Festland mitgeteilt, dass Sie kommen.<<
Er änderte den Ton. >>Aber das war erst *vor zwei Stunden.*<<
>>Da war ich schon seit drei Stunden in der Luft.<< antwortete sie. Und ergänzte, grübelnd. >>Ich verstehe es nicht:
Sie hätten bereits vor Tagen informiert worden sein müssen.<<

>>Was läuft bei Ihrer Air Force falsch?<< entgegnete der Offizier. Amy verneinte, sie wusste es nicht.

Der 1. Offizier klärte weiter auf. >>Außerdem hat unsere Hood seit der Überholung - in Ende 1933 - gar kein Katapult mehr!<<

>>Sir.<< Sie haderte.

>>Ich führe einen Befehl aus. Da muss ein Fehler vorliegen.<<

>>Ja. Bei Ihrer Royal Air Force!<< unterstrich er.

Amy war sichtlich irritiert. Was lief hier falsch? Sie war noch nicht einmal eine Minute vor Ort – und schon schien alles schief zu laufen.

Derweil bemerkte sie, wie der Offizier trocken in Richtung Heck wies - und dann nach vorn, zum Turm Berta.

Sie blickte zum Heck - und danach zum Turm Berta:

und tatsächlich gab es weder auf dem Heck, noch auf dem Turm Berta ein Katapult. So, wie sie es alle doch einst als Teenager von Anthony - in 1933, damals am Strand - erklärt bekommen hatten. Und wie man es selbst jahrelang auf Photographien auf Postkarten sehen konnte.

Ein Mannschaftsgrad amüsierte sich. >>Typisch Air Force.<<

Ein zweiter höhnte. >>Null Ahnung von der Royal Navy.<<

Der 1. Offizier wies instruktiv mit langem Arm.

>>Sie müssen rüber! Zur Prince of Wales! Die hat ein Katapult.<<

Amy blickte hinüber zum schweren Kreuzer Prince of Wales, mit seinen 227m Länge. Und wahrhaftig: dort, mittschiffs, inmitten beider Schornsteine, die beide so weit auseinander standen, dass sogar ein Flugzeug dazwischen Platz hatte, war ein Katapult mit einem Flugzeug stationiert.

Sie verstand. Und es war peinlich. Doch sie konnte nichts dafür. Nochmals blickte sie zum 1. Offizier und gab mit einer Handgeste zu verstehen: sie ist unschuldig.

Daraufhin machte sie ihre Maschine mit einigen Handgriffen zum Weiterfahren bereit. Doch bevor sie losstartete, hakte sie rufend einmal nach. >>Sir!<< Sie unterbrach.

Doch sie wusste, diese Gelegenheit würde nie wieder kommen. >>Ist seit kürzerem der Unteroffizier Anthony Clarkson bei Ihnen an Bord?<<

Beide Offiziere blickten sich fragend an, dann hinüber zu den Mannschaftsgraden. Doch auch hier nur Achselzucken. Der 1. Offizier klärte auf. >>Mam. Bei allem Respekt: wir haben 1421 Mann Besatzung. Dieser Name ist uns nicht bekannt. Aber gehen Sie davon aus, dass, wenn er den Befehl erhalten hat an Bord zu kommen, Verlass auf die Royal Navy ist.<<

Er wies erneut hinüber zur Prince of Wales, die weiterhin in 400m parallel zu ihnen lief. >>Und das da hinten ist Ihr Schiff.<<

Amy schaute erneut zur Prince of Wales.

Um dann nochmals gebeutelt zu den Männern der Hood hinaufzublicken: sie war sich sicher, dieser Augenblick war einmalig, hier und jetzt vor Ort zu sein.

Nochmals sammelte sie ihren Mut.

>>Sir. Gibt es die Möglichkeit über Bordlautsprecher rasch nachzufragen? Er ist mein Ehemann.<<

Dem 1. Offizier platzte gewaltig der Kragen. >>Möchten Sie noch Kaffee und Kuchen dazu?<< Der 2. Offizier ergänzte. >>Mam! Wovon träumen Sie nachts?<< Auch er wies zur Prince of Wales. >>Ich könnte mir vorstellen: dass man Sie erwartet.<<

Amy sah ein, dass es wohl keine Chance gab:
- es betrübte sie sehr.
- die Überraschung wäre perfekt gewesen.
- nur für einen Augenblick.
Sie nickte den Seemännern zu, sie hatte verstanden.

Dennoch aber schweifte ihr Blick nochmals staunend über das mächtige Schlachtschiff, dem Nationalstolz des Britischen Empire.

- Diesen Augenblick nahm sie sich -
- Jetzt, wo sie dieser Legende so nahe war -
- Nun endlich verstand sie Anthony -

Sie gab ein Handzeichen zum Abschied - und gleichzeitig Schub.

Übers Wasser gleitend verschwand sie in Richtung Prince of Wales, wobei sie auf halbem Wege das Beiboot der Prince of Wales kreuzte, welches wiederum in Richtung Hood fuhr.

Amy grüßte aus der Entfernung die Männer auf der Barkasse.

- - -

In der Dänemarkstraße kreuzten am Abend weiterhin die schweren Kreuzer Suffolk und Norfolk. Gebannt blickte der Captain der Suffolk durchs Fernglas auf Die Bismarck und Die Prinz Eugen. >>Wir verfügen über das neueste Radar. Wir werden uns mit der Norfolk in den Nebel zurückziehen.<< Er wandte sich an den Funkoffizier. >>Geben Sie eine Nachricht ab, zur Hood.<< Er wandte sich an seinen 1. Offizier. >>Wir werden über Radar Fühlung halten - und so Die Hood und Die Prince of Wales an Die Bismarck ranführen.<< Der 1. Offizier nickte und begab sich zum Funker. Ihm erklärte er den Funkspruch an Die Hood.

- - -

Zeitgleich saßen an diesem Abend auf dem Luftlandestützpunkt der Royal Air Force im Leitstand einige Offiziere gebannt vor den großen Funkapparaten und vernahmen mit dem weiblichen Funkpersonal, dieses erste Aufeinandertreffen britischer Kriegsschiffe auf Die Bismarck, mit dem nun endenden Funkspruch der Suffolk an Die Hood.

Unter ihnen war auch Pam, die beobachtete, wie auf einem überdimensionalen Tisch - mit einer riesigen Seekarte - verschiedene Holzbötchen mit langen Schiebern auf Position geschoben wurden. Sie zeigten die Positionen der je mit einem Hakenkreuz versehenen Bismarck mit der Prinz Eugen in der Dänemarkstraße, sowie Die Hood mit der Prince of Wales gute 300 Seemeilen entfernt - und weitere englische Kampfschiffe im Nordatlantik.

Ebenso wurde ein kleines hölzernes Modell eines Svordfishes mit Schwimmern, hin zur Hood geschoben.

- - -

Auf See drehten die Suffolk und Norfolk ab und verschwanden in einer Nebelwand.

- - -

300 km südlich erreichte Amy mit ihrem Svordfish längsseits die mächtige Prince of Wales, mittschiffs in Höhe der herabgelassenen Gangway, von welcher die Besatzung der Barkasse im Vorfeld auf das Beiboot gelangt war.
Die Prince of Wales hatte zwischenzeitlich wegen ihr gestoppt.

Einer der Matrosen der Prince of Wales wurde bereits
- wagemutig im Haken eines Krans stehend, und sich am Stahlseil festhaltend - gekonnt in Richtung Öse, über die obere Tragfläche von Amys Wasserflugzeug hinabgelassen.
Er sprach sie laut aus der Luft heraus an. >>...´na, Lady.<<
Er wies zur Hood. >>...ham´se sich verfahren?<<
Amy blickte aus dem Cockpit zu ihm hinauf - und grinste.
Wie auch sonst sollte sie reagieren. Woraufhin sie das Treiben der Männer hoch oben an Bord beobachtete.

Doch plötzlich eilte ein junger Kadett auf Deck durch die Seemänner in Richtung Kranführer. >>Feuergefecht! Feuergefecht! Ich hab´s vom Funker in der Leitzentrale!<<
Amy horchte hinauf.
>>Feuergefecht in der Dänemarkstraße! Mit der Bismarck!<<
Amy traute ihren Ohren nicht: ...Peter!

Dann bemerkte sie die irritierten Blicke der Männer an Deck: sie alle schauten gebannt hinüber zur Hood.
Verwundert folgte Amy ihren Blicken: und deutlich sah auch sie, wie die Rauchwolken aus den zwei mächtigen Schornsteinen der Hood immer stärker und intensiver wurden: sie gab volle Fahrt!

Zur selben Zeit befand sich noch weiterhin die Barkasse der Prince of Wales, auf dem Weg hin zur Hood.

Gut und gerne fünf junge Unteroffiziere genossen ihre Überfahrt innerhalb der Barkasse, während sie den Worten des militärischen Barkassenkapitäns lauschten. >>...und so ist mir der Schweiß und Fleiß und all die Entbehrungen, die Sie in all den Jahren auf sich genommen haben, sehr wohl bewusst. Meine Herren.<<

Am Ruder stehend blickte er weiterhin zurück zu den jungen Männern und wies mit dem Daumen zum britischen Nationalstolz. >>Für dieses eine Ziel. Sie haben es sich verdient. Auch ich gratuliere.<<

Deutlich spiegelten sich in den Gesichtern der Unteroffiziere die Freude und der Stolz wieder:

- sie hatten es geschafft.
- sie waren die Auserwählten.
- sie fuhren zur Hood!

Doch bemerkte einer der jungen Unteroffiziere die dichten Rauchschwaden der Hood: sie nahm Fahrt auf! Was sollte das? Irritiert blickte er zurück zur Prince of Wales: die wiederum gab Lichtmorsezeichen. Sofort darauf verfielen seine Gesichtszüge. >>Das darf nicht wahr sein:<< Er war baff. >>Die meinen uns!<<

Die anderen vier jungen Männer schauten ebenfalls zurück zur Prince of Wales, sowie auch der Barkassenkapitän.

Der Unteroffizier sprach übersetzend.

>>...Feuergefecht... ...in...der Dänemark...Straße!<<

Er wiederholte.

>>…Feuergefecht…in…der...Dänemarkstraße.<<

>>Mit...Bismarck…und…Prinz Eugen!<<

Die jungen Kameraden trauten dem Gehörten nicht.
Und ihren Augen.
Denn natürlich konnten auch sie die Lichtmorsezeichen lesen.

Der Unteroffizier übersetzte weiter.
>>Sofortiger...Abbruch! --- Unverzüglich...umkehren!<<
Ein zweiter Unteroffizier war schockiert. >>Was?<<
Der militärische Barkassenkapitän ging in sich und ließ seine
Erfahrung sprechen. >>Dänemarkstraße?<<
Alle blickten ihn an.
>>Die Bismarck will den Durchbruch in den offenen Atlantik!<<
>>So hat sie freie Fahrt auf jegliche Geleitzüge.<< ergänzte
der erste Unteroffizier.
Der Barkassenkapitän blickte zur Hood.
>>Die Hood gibt volle Fahrt!<<
- die jungen Männer waren geschockt.
- sie trauten ihren Augen nicht.
Dem Barkassenkapitän tat es leid, während er auf die stamp-
fende Hood wies. >>Euer Traum zerplatzt gerade.<<
Ein dritter Unteroffizier wollte und konnte es nicht glauben.
>>Das darf nicht wahr sein.<< Erneute Lichtmorsezeichen
ließen den ersten Unteroffizier ein weiteres Mal übersetzen.
>>...Sofortiger...Abbruch! --- Unverzüglich...umkehren!<<

Die jungen Seemänner blickten enttäuscht zu ihrem schweren
Kreuzer Prince of Wales, mit dem Wasserflugzeug längsseits:
sie sahen, ein Matrose stand dort auf dem oberen Flügel des
Flugzeuges und brachte den Haken des Krans an.

- - -

Auf dem Luftlandestützpunkt der Royal Air Force schlich sich Pam aus dem Raum der Funkleitzentrale - und eilte gebannt über einen Flur, um dann in einem Büro zu verschwinden.

Verzweifelt griff sie zum Telefon, um ihren Onkel anzurufen. >>Onkel Jeffrey...<< Es klingelte und klingelte. >>...geh ran!<< Doch es ging niemand ans Telefon.

- - -

Längsseits der Prince of Wales sollte der Kran das Wasserflugzeug endlich anheben, da erschien eilend ein Decksoffizier mit seinen guten 35 Jahren und rief harsch zu Amy - die noch im Cockpit saß - hinunter. >>Was machen Sie hier?<< Amy verstand es nicht: dieser Ton. Dann die Frage selbst: sie brachte ein Flugzeug. Das sah man doch.

Wie bei der Hood, rief sie erklärend hinauf.

>>Sir. Ich habe den Befehl, diesen Svordfish zu Ihnen zu bringen! Für Ihr Katapult!<<

Der Decksoffizier blickte zum bereits vorhandenen Katapultflugzeug hinter sich, an welches Techniker schraubten. Er war irritiert: Was sollte das? War ihm eine Meldung entgangen? Um dann jedoch zu befehlen.

>>Los, bewegen Sie ihren Hintern!<<

Amy traute ihren Ohren nicht. >>Beeilen Sie sich!<< forderte er. Um einem seiner Matrosen an Deck mit langem Arm zu weisen.

>>Verdammt! Helfen Sie der Pilotin auf die Gangway!<<

Sofort eilte der Matrose die Gangway ganze 8m hinunter.

Amy blickte zurück und sah - die Barkasse, die ursprünglich zur Hood fahren sollte - war selbst gar nicht mehr bis zur Hood vorgelassen worden. Die Barkasse steuerte die nur noch letzten 50m bereits auf ihr Flugzeug zu.

Nochmals warf Amy einen Blick auf die davon stampfende Hood.

Plötzlich vernahm sie ein unheimlich großes, mächtiges Pumpen, Arbeiten und Graulen der wohl riesigen Dampfkessel im Bauch der Prince of Wales. Sekunden darauf stieg auch hier immens schwarzer Rauch aus beiden Schornsteinen.
Der Offizier befahl nochmals und energischer.
>>Zieht das verdammte Flugzeug hoch! Sonst reißt es ab!<<
>>Und danach, sofort die Barkasse an den Haken!<<

Die Barkasse kam längsseits zum Wasserflugzeug und hielt in Schrittgeschwindigkeit mit, denn mittlerweile fuhr das mächtige Schiff langsam an.
Der Decksoffizier oben auf der Prince of Wales blieb fordernd.
>>Lady, verdammt noch mal! Wir haben keine Zeit!<<

Amy begab sich aus dem Cockpit hinunter auf die Schwimmer ihres Flugzeuges. Der Matrose der Prince of Wales reichte ihr die Hand und führte sie auf die Gangway.
Doch Amy hielt inne, um sich plötzlich umzudrehen - und um tatsächlich einen der Schwimmer ihres Flugzeuges wieder zu betreten.
In diesem Augenblick jedoch strafften die Wellenbewegungen das Kranseil und es ruckte gewaltig am Flugzeug. Amy rutschte aus und stürzte, konnte sich aber noch am Cockpit halten!
Der Offizier explodierte hinunter rufend.
>>Sind Sie lebensmüde?!<<

Amy antwortete nicht und schwang sich mit dem Bauch hinauf auf den Rand der offenen Kanzel ihres Cockpits.
Dann ergriff sie mit langem Arm das gestickte Emblem der Heeresflieger, setzte wieder auf den Schwimmer auf, eilte zurück zur Gangway und setzte über.

Der Decksoffizier befahl dem Kranführer.
>>Los! - Hoch! Hoooch! Hoooch!<<
Währenddessen Amy vom Matrosen endlich die Gangway hinaufgeführt wurde.

Zeitgleich trauten einige Matrosen hinunterblickend ihren Augen nicht: Eine junge Frau? Eine wahrhaftige Pilotin?
Und ein/zwei der Matrosen pfiffen sogar einmal.

Im Innenraum der Barkasse saßen weiterhin die jungen Unteroffiziere mit hängenden Köpfen, nicht fähig aufzustehen.
Der Barkassenkapitän steuerte das Boot an die Gangway - und musste die jungen Soldaten auffordern. >>Männer! Auf!<<
Erst jetzt erhoben sie sich - und setzten schwer enttäuscht auf die Gangway über. Auf der Gangway selbst und hinaufgehend, blickten sie zur stampfenden Hood:
- unfassbar.
- es war unfassbar.
- ihr Glück war zum Greifen nahe.

Der Barkassenkapitän wusste um ihre Gefühlslage, doch erst jetzt bemerkte er einen letzten Unteroffizier im Innenraum: immer noch dasitzend und in sich gemurmelt.
Verständnisvoll sprach er ihn an. >>Junger Mann.<<
>>Sie und ich...müssen zurück an Bord.<<
Der Niedergeschlagene hob den Kopf: es war Anthony.

Amy erreichte oben das Deck der Prince of Wales und blickte auf ihr in der Luft schwebendes Flugzeug.

Die ersten jungen Unteroffiziere erreichten nun ebenfalls über die Gangway das Deck - und gingen ohne auf Amy aufmerksam zu werden an ihr vorbei:
ihre Gedanken waren bei ihrem verpfuschten Lebenstraum.

Hinter Amy beendete der Decksoffizier mit Handzeichen den Blickkontakt hin zum Kranführer - und wandte sich perplex an die fremde Pilotin.
>>Noch einmal: was machen Sie hier?<<
>>Und…wieso sind Sie eine Frau?<<

Amy schaute ernst. Sie wusste, man hatte einen Piloten erwartet.
>>Ich weiß, Sie haben einen männlichen Piloten erwartet, doch...<<
>>*Wir erwarten* niemanden hier draußen. Mam.<<
unterbrach er.
Sie verstand es nicht.
Und er noch weniger. >>Sie begleiten mich unverzüglich auf die Brücke.<< Sogleich folgte Amy dem Offizier.

- - -

Von der Barkasse aus betrat nun auch Anthony die Gangway.
Verloren mühte er sich hinauf.
Und auch er blickte enttäuscht zur davon fahrenden Hood:
- sein Traum. - sein Lebenswerk. - geplatzt.

Auf der Brücke der Prince of Wales stand der Captain am Kartentisch und wühlte mit zwei weiteren Offizieren in verschiedenen Aktenordnern, losen Briefen und ausgedruckten Funksprüchen, um dann sein Wort an der ihm gegenüberstehenden Amy zu richten.

>>…von meinem Schiff - ich kann´s nur wiederholen - ist kein derartiger Befehl ausgegangen.<<

Amy blickte zum mitanwesenden Decksoffizier, nahm ihren Mut zusammen und verwies nochmals auf ihre schriftliche Instruktion. >>Sir. Hier aber ist mein Befehl.<<

Doch er entgegnete. >>Mit der Überführung hin *zur Hood.* Die gar kein Katapult mehr hat.<<

Ein Offizier überlegte. >>Vielleicht als Ersatzflugzeug, für uns?<<

Der Alte verneinte. >>Unser Schiff ist nagelneu und wir haben extra Personal für etwaige Probleme auf See vorrausschauend extra mitbekommen. Und Ja: neben bereits festgestellten Problemen am Schiff, die derzeit behoben werden, sind parallel auch Mängel am Katapultflugzeug aufgetaucht, die der zuständige Offizier des Katapultes - nach Rücksprache mit mir - ans Festland durchgegeben hat.<<

Er unterstrich und blickte den Offizier an. >>Aber wir haben keinen Svordfish als Ersatz angefordert.<< Er blickte durch die Runde und endete wieder bei Amy. >>Und wie Sie gesehen haben, versucht die Mannschaft der Flugzeugcrew bereits selbst die Mängel zu beheben.<< Amy nahm ihren Mut zusammen.

>>Da muss ein Fehler vorliegen. Sir.<<

>>Ja. Bei Ihrer Air Force.<< Er untermauerte.

>>Ein großer sogar: man hat Sie zur Hood geschickt.<<

Der 1. Offizier brachte sich mit einer Überlegung ein.

>>Sir. Es kann nur so sein, dass ggf. unsere Fehlermeldung an Land falsch interpretiert wurde.<<

Alle blickten ihn an.

>>Die Reise nach Jerusalem, im umgekehrten Sinne: Eine Meldung wird abgeben. Die Meldung wird aufgenommen. Die Meldung wird weitergeleitet. Es entstehen Abweichungen. Woraus sich komplette Fehler entwickeln, die der Laie an Land in einer Funkleitzentrale nicht erkennt.<<

Der Alte glaubte es nicht.

>>Aber man verwechselt nicht Die Hood mit der Prince of Wales. Und *wir* haben kein Ersatzflugzeug angefordert.<<

Amy sammelte nochmals ihren Mut.

>>Bei allem Respekt, Sir: und doch stehe ich hier.<<

Der 1. Offizier unterstrich. >>Irgendwann ist irgendwo aus unserer Meldung, eine komplette Fehlermeldung entstanden. So dass irgendjemand eigenmächtig - aus der ihm fehlerhaft vorliegenden Meldung - resultierte, die Überführung eines Ersatzflugzeuges anzuordnen.<<

Der Captain drückte seine Stirn: so etwas durfte nicht sein.

Und doch schien alles danach, das es nur so sein konnte.

Im strammen Gang schritt kurz darauf der Decksoffizier über einen der Flure der Prince of Wales. Und Amy - die ihm folgte - vermochte nicht ein Wort auszusprechen. Denn das ganze fehlerhafte Unternehmen hatte ihr gehörigen Respekt vor der Einhaltung und Durchführung richtiger Befehle eingeflößt: denn *sie* war es, die nun auf einem Schlachtschiff festsaß. Mitten im Nordatlantik. Derweil folgte hinter ihnen in gebührendem Abstand ein Kadett und trug Bettwäsche.

Der Offizier brach nach einigen Metern das Schweigen und sprach etwas Weiteres an. >>...und das andere ist, was der Captain auf der Brücke vorhin ebenfalls versucht hatte zu vermitteln: wir müssen höllisch aufpassen. Denn da oben - Richtung Dänemarkstraße - praktizieren die Deutschen U-Boote ihre Rudeltaktik gegenüber den Geleitzügen. Doch entgegen jeglicher Euphorie unseres Mutterlandes: sind auch wir nur ein Schiff das getroffen werden kann. Und es sind keine 300 Seemeilen mehr bis zur Bismarck.<<

Er tat weitere Schritte. Er wusste, was kommen würde.

Um sich dann aber vom eigentlichen Thema abzulenken.

>>Nun denn, Sie haben die Worte des Captain gehört: vorerst werden Sie auf userm schweren Kreuzer mitfahren. Ob Sie oder wir wollen oder nicht.<<

Amy blickte gebannt. Und verstand.

Der Offizier öffnete eine Kajütentür, woraufhin der Kadett eintrat und die Bettwäsche auf eine Koje legte.

Der Offizier unterstrich einen Befehl. >>So lange, bis uns der nächste Versorger anläuft. Mit dem gelangen Sie wieder ins Königreich.<<

Amy nickte und bemerkte den bohrenden Blick des Offiziers:
- ja, sie war eine Frau. Dafür konnte sie aber nichts.
- ebenso, wie für den falschen Überführungsbefehl.

Der Blick des Offiziers wanderte auf Amys Fliegerjacke,
wo sie ein Emblem einer gestickten amerikanischen Flagge, neben dem Emblem einer gestickten britischen Flagge trug.
Er verabschiedete sich.

>>Und wenn's losgeht, bleiben Sie unter Deck.<<

>>Schlafen Sie gut.<<

Am Morgen des 24. Mai 1941,

trafen Die Hood und Die Prince of Wales um 05.35 Uhr in der Dänemarkstraße auf Die Bismarck und Die Prinz Eugen.

In der Feuerleitzentrale der Hood schrillte der Alarm.

Sofort begannen die Matrosen damit über den Zielentfernungsgeber die Distanz zur Bismarck zu berechnen. Kaum hatten sie die Daten, warf sich einer der Matrosen hin zum Bordfunk und gab die Entfernung zur Brücke durch.

>>Entfernung: 30 Kilometer!<<

Ein zweiter Matrose blickte beeindruckt aus dem Bullauge. >>Die Prince of Wales. Schaut, wie erhaben sie in Angriffsposition durchs Wasser pflügt.<< Ein dritter Matrose unterstrich. >>Umso mächtiger muss unsere Hood aus deren Sicht erscheinen.<<

Zeitgleich blickte Anthony im Gefechtsturm Anton, einer der beiden vorderen Gefechtstürme der Prince of Wales, durch den Gefechtsschlitz zur prachtvoll und seitlich vor ihnen stampfenden Hood.

Dann vernahmen er und seine Kameraden über Kopfhörer die Zieldaten vom Feind. Befehlend gab Anthony Weisung - und sogleich drehten die Matrosen auf seinem Kommando hin elektrisch den Gefechtsturm, während sich zeitgleich die Kanonen pneumatisch in Angriffsposition hoben. Wobei sein Turm gleich über ganze vier 35,6 cm Kanonen verfügte.

Eine immens gewaltige Feuerkraft.

Anthony wandte sich hin zum Okular: dort, Die Bismarck!

Sogleich war er erstaunt und befangen:

was für ein Schlachtschiff!

Doch sein Stolz würde es niemals zulassen, dies gegenüber anderen Personen zuzugeben.

Die Kameraden ringsum in seinem Turm konnten nicht aus dem Gefechtsturm blicken, sie konzentrierten sich nur auf die Messtafeln für die Horizontale und Vertikale und weitere Arbeitsschritte zwecks des Munitionierens ihrer vier mächtigen Kanonen.

Sekunden darauf hatte der Geschützturm seine Angriffsposition erreicht. Ein Matrose machte bei Anthony Meldung.

>>Turm Anton: Gefechtsbereit!<<

Auf der Brücke der Hood wandte sich einer der Offiziere an Admiral Holland. >>Sir. Wir verfügen über eine größere Reichweite.<< Admiral Holland nickte - doch er gab einen irritierenden Befehl. >>Volle Fahrt! Voraus!<<

Die Offiziere schauten verdutzt.

Der Admiral bemerkte deren Blicke und klärte auf.

>>Wir laufen Gefahr, durch das Steilfeuer der schweren 38er der Bismarck von oben auf Deck getroffen zu werden.<<

Der alte Seebär blickte erfahren durchs Fernglas auf den Feind. >>Ich will näher ran. Folglich können sie kein Steilfeuer abgeben. Außerdem bieten wir der Bismarck mit unserer direkten Fahrt keine Breitseite die sie treffen können.<<

Auf der Bismarck blickte ebenso auch Peter in seinem Gefechtsturm seiner 38cm Kanonen durchs Okular.

Auch er und seine Männer erhielten über Kopfhörer die Zieldaten. Und sogleich fuhren sie ihren 30 Tonnen Geschützturm elektrisch in Position, während die Pneumatik die Kanonen anhob.

Die jungen Männer blickten auf die Messtafeln...bis zu den vorgegebenen Gradzahlen: bis einer der Kameraden die Crew informierte. >>Angriffsposition...erreicht!<<

Der Turm Anton blieb stehen.
Die schwere Pneumatik, die die Kanonen anhob, verstumme.

Moritz Schneckerl drückte nochmals ein Klebeband an der Wand des gepanzerten Gefechtsturm fest, welches den Zeitungsbericht - mit dem feierlichen Auslaufen der Bismarck aus dem Hamburger Hafen - zeigte: in Reih und Glied standen sie in Weiß gekleidet stramm auf Bug.

Hamburger Morgenpost

Die Bismarck läuft aus!

Im bayerischen Dialekt sprach er dann, Mut machend.
>>Also. Poack´n woa´s.<<

In der Feuerleitzentrale der Hood zog einer der Offiziere seine Uhr auf: es war 05.52 Uhr.

Derweil berechneten seine Matrosen stetig neue Distanzen. Ein erster Matrose vernahm über Kopfhörer eine Information und teilte sie laut ausgesprochen mit. >>Die Kreuzer Suffolk und Norfolk haben sich hinter uns gesetzt. Sie sind außer Schussweite. Weitere Kreuzer pflügen zur Unterstützung auf uns zu.<<
Ein zweiter Matrose registrierte diese Information in einem Logbuch und erhielt von einem weiteren Matrosen einen Zettel zugeschoben. Sogleich begab er sich zum Bordfunk und las das Geschriebene vor.
>>Feuerleitzentrale, an Brücke. Entfernung: 23 Kilometer!<<

Auf der Brücke der Hood vernahm der 1. Offizier die Nachricht aus dem Kopfhörer - und sprach sie parallel zu Admiral Holland laut mit.
Sofort wandte sich der Admiral an den Bordfunk und gab Befehl.
>>Feuer frei!<<
Unmittelbar darauf eröffneten die beiden schweren 38er Türme vorn auf Bug brachial das Feuer.

Mit Ehrfurcht beobachtete Anthony durch den Gefechtsschlitz seines Geschützturmes auf der Prince of Wales, das aufblitzende Abfeuern der Kanonen Anton und Bruno auf der Hood. Und sogleich schmerzte es: denn eigentlich wollte *er* nun auf der Hood dienen und kämpfen. Und am liebsten in einem dieser beiden Gefechtstürme.
Sekunden darauf erhielt auch Anthony über Kopfhörer das Kommando zu feuern. Befehlend wandte er sich an die Untergebenen. >>Feuer frei!<<

144

Auf der Brücke der Bismarck kommentierte der 1. Offizier sehr wohl den Angriff der Engländer.

>>Beide Schiffe haben Feuer eröffnet.<<

Derweil registrierten die Anwesenden, wie die Geschosse abseits der Bismarck und der Prinz Eugen im Wasser detonierten. Sie rissen beeindruckende Wasserfontänen, bis zu 50m hoch. Zeitgleich rätselte der 1. Offizier nachdenklich durch sein Fernglas.

>>Die Silhouetten beider Kampfschiffe sind auf diese Entfernung aufgrund leichten Dunstes immer noch zu ungenau.<< Der 2. Offizier brachte sich mit ein.

>>Es könnte Die Prince of Wales sein, die vorweg läuft.<<

Auch Flottenadmiral Lütchens blickte durchs Fernglas: doch er gab keinen Feuerbefehl. Kommandant Lindemann trat auf ihn zu, er wollte das Feuer erwidern.

>>Bei allem Respekt. Herr Admiral.<<

Damit unterstrich er, dass er als Kommandant eigentlich den Befehl über das Schiff hatte.

Doch sein Respekt dem Flottenadmiral gegenüber, hielt ihn in Grenzen: denn es war die Entscheidung der Marine, dass gleichzeitig ein Admiral diese erste Feindfahrt der Bismarck mit begleitete.

Während all dem, blickte der Flottenadmiral überlegend nur durchs Fernglas: den Feind fest im Visier.

Professionell und perfekt eingeschult, handhaben die Kano-
niere der Hood die Lademechanik in beiden Gefechtstürmen
vorn auf Bug, um ihre 38er Kanonen erneut zu munitionieren.

Auf der Brücke der Hood vernahm Admiral Holland einen
Augenblick darauf über Bordfunk, dass die Gefechtstürme
A & B wieder feuerbereit waren. Sogleich gab er Befehl.

>>Feuer frei!<<

Und erneut demonstrierten die 38er ihre gewaltige Feuerkraft.

Auf der Brücke der Bismarck vernahm der Stab Augenblicke
später, dass die schweren Geschosse der Hood und der
Prince of Wales ein weiteres Mal wirkungslos im Wasser vor
ihrem Schiff detonierten.

Admiral Lütchens blickte weiterhin durchs Fernglas - und gab
noch immer keinen Befehl.

Kommandant Lindemann forderte. >>Geben Sie Feuererlaubnis.<<
Doch Flottenadmiral Lütchens gab keine Antwort. Folglich
pflügte Die Bismarck weiterhin und ohne zu feuern in Angriffs-
formation durch die See.

In Peters 38er Gefechtsturm blickten die Artilleriematrosen verunsichert auf Peter. Und Schneckerl riss der Faden.

>>Verdammt: warum kriegen wir keine Feuererlaubnis?<<

Doch es kam keine Antwort von Peter: er betrachtete nur konzentriert durchs Okular die beiden Silhouetten des Feindes. Um sich dann - in sich gekehrt - vom Okular abzuwenden.

Sofort setzte Schneckerl sein Auge ans Okular.

Weit ab - in über 20 Kilometern - sah nun auch er in leichtem Dunst das vorn laufende Schlachtschiff, Die Hood.

>>Meine Worte: Die Prince of Wales!<<

Peters Herz pumpte: Anthony!

Der Bayer rühmte sich derweil selbst.

>>Nicht umsonst nennt man mich...<<

Er sprach im Dialekt weiter.>>...des bayerische Adlerauge.<<

Peter war verunsichert: sollte er wirklich auf Anthony schießen?

Schneckerl wandte sich an die anderen 10 Kameraden der Turmbesatzung – und selbst die Jungs aus dem Munitions-förderbandraum, unten, blickten durch eine große Luke hinauf zu Schneckerl – während dieser erklärend mit seinen Händen das Manöver des Feindes wies: die eine Hand war der Feind, die andere Hand waren sie. >>Wie ich es sagte: sie fahren mit spitzem Winkel auf uns zu! Sie machen sich ganz klein. Sie wollen so nah wie möglich rankommen. Denn dann können wir nicht mit Steilfeuer von oben herab auf deren Deck zielen. Sondern müssen gegen deren stärker und mehr gepanzerten - und von vorn gesehen - schmalen Bug feuern.<<

Im Gefechtsturm der Prince of Wales blickte ebenso Anthony durchs Okular - und weiterhin befand sich Die Bismarck in seinem Fadenkreuz.

Verwundert murrte er. >>Warum feuerst du nicht?<<
Doch er meinte nicht Die Bismarck.
Er meinte Peter.
>>Weil du ein Feigling bist.<< zürnte er.
>>Und das ist dein Ende.<<
Er erhielt über Kopfhörer erneuten Feuerbefehl.
Sofort gab er diesen laut an seine Untergesetzten weiter.
>>Feuer!<<
Glühend schwirrten seine Geschosse durch die Luft.

Um 05.55 Uhr sah Kommandant Ernst Lindemann auf der Brücke der Bismarck erneut den feuernden Feind - und riss den Befehl an sich. >>Ich lass mir nicht mein Schiff unterm Hintern wegschießen!<<
Er eilte zum Bordfunk. >>Feuererlaubnis!<<

Mit unbändiger Kraft feuerte Die Bismarck ihre erste Breitseite.

Doch Peter hatte nicht gefeuert!
Obwohl Die Hood in seinem Okular im Fadenkreuz lag.
(Von der er dachte, sie sei die vorn laufende Prince of Wales.)
Schneckerl schrie. >>Siehst du das nicht! Die feuern auf uns!<<

Plötzlich kamen in Peter, Anthonys Worte auf, die dieser ihm
gegenüber einst voller Hass aussprach.
>>Ich kämpfe mit allem was ich kriegen kann.<<
Dann endlich gab Peter Befehl. >>Feuer!<<

Peter blickte den heulenden Geschossen nach, woraufhin ihm
ungewollt ein Satz entwich. >>Für all deine Lügen.<<
Und dennoch war er in sich zerrissen:
Er hatte geschossen - auf Anthony!

Sofort darauf kam über Kopfhörer eine Rüge der Kommando-
brücke. >>Turm Anton. Wieso haben Sie so spät gefeuert?<<
Der Anpfiff rüttelte Peter wach. >>Hier Artillerieunteroffizier
Hinrichsen: Mein Fehler!<< Er versteckte sich hinter einer
Notlüge. >>Glaubte Ziel nicht genau anvisiert zu haben.<<
Endlich besann er sich aufs Wesentliche.
>>Kommt nicht wieder vor.<<
Erst jetzt bemerkte er Schneckerls Blick, der ihm dies nicht
abnahm.

Auf der Brücke der Prinz Eugen kommentierte der Kapitän das Geschehen auf der Bismarck. >>Die Bismarck hat das Feuer erwidert.<< Er eilte zum Bordfunk. >>Feuererlaubnis!<<

Kommandant Lindemann beobachtete von der Brücke der Bismarck durchs Fernglas, dass die Granaten seiner ersten Breitseite hinter der Hood im Wasser detonierten. >>Zu weit!<< Er wandte sich zum Bordfunk.
>>Zu weit! - Ziel neu einmessen!<<

Auf der Prinz Eugen gab der Kapitän erneute Feuererlaubnis. >>Feuer!<<
Gebannt verfolgten er und seine Offiziere mit den Ferngläsern die Geschosse ihrer zweiten Breitseite.

Auf der Prince of Wales knallte und rüttelte es plötzlich auf dem ganzen Schiff. Selbst in Anthonys Gefechtsturm mussten sich die Männer festhalten. >>Wir sind getroffen worden!<< rief Anthony.
Ein Kamerad vernahm über Kopfhörer, dass die Zielerfassung im Brückenturm plötzliche Probleme meldete... ...die wieder verschwanden...wieder auftauchten...und wieder verschwanden.
>>...Zielerfassung. ...ich glaube. ...weiterhin funktionsbereit.<<
Anthony fauchte. >>Sie glauben? Verdammt, was ist denn das für eine Meldung?<< Der Kamerad horchte weiter in den Kopfhörer - und korrigierte nach wenigen Sekunden.
>>...ich höre: Zielerfassung. ...jetzt wieder funktionsbereit!<<
Anthony forderte. >>Verlangen Sie die neuen Zieldaten! Sofort! Dann neu einmessen! Na los!<<
Der Kamerad sprach gleich darauf ins Mikrofon. Jedoch sauer über die Reaktion seines Vorgesetzten Anthony Clarkson: was konnte er dafür, wenn die Zielerfassung aufgrund der Detonationen an Bord Schwierigkeiten hatte?

Die neuen Daten kamen über Kopfhörer zurück. Der Kamerad gab sie sofort an die Männer weiter - und unverzüglich justierte die Besatzung den Turm neu ein.

Nach einigen Sekunden machte ein weiterer Kamerad Meldung.

\>\>Ziel nach neuen Daten lokalisiert!\<\<

Anthony kontrollierte sofort durchs Okular:

Die Bismarck war wieder im Fadenkreuz.

\>\>Ich mach dich fertig.\<\< flüsterte er.

Sein Blick war hasserfüllt, während gleichzeitig der Feuerbefehl von der Brücke über Kopfhörer kam.

Anthony zürnte. \>\>Feuer!\<\<

Die Kanonen feuerten gewaltig.

...Sekunden vergingen.

...gebannt blickte Anthony durchs Okular.

...und traf Die Bismarck! \>\>Treffer!\<\<

Auf der Brücke der Hood wurde der Treffer von Admiral Holland ebenso erkannt. \>\>Treffer der Prince of Wales auf der Bismarck!\<\<

Über Lautsprecher kam eine Meldung aus den Türmen A & B.

\>\>Türme A & B, bereit!\<\<

Holland ließ keine Sekunde vergehen. \>\>Feuer!\<\<

Gebannt verfolgten sie ihre glühenden Geschosse.

Doch die Geschosse der Hood verloren sich erneut im Wasser vor der Bismarck.

In diesem Augenblick explodierte auf der Hood eine Granate, die das ganze Schiff erzittern ließ.

Der 1. Offizier hatte von der Brücke aus direkte Sicht aufs Deck und kommentierte laut.

\>\>Treffer der Prinz Eugen, in der Bereitschaftsmunition der 10,20er Kanonen! - Feuerausbruch!\<\<

Zeitgleich öffnete Amy auf der Prince of Wales eine Panzertür an Deck - und sogleich erschrak sie: denn inmitten dieser Hölle aus abfeuernden Kanonen des eigenen Schiffes, detonierte ein feindliches Geschoss urgewaltig vor der Prince of Wales im Wasser.

Parallel dazu eilten Sanitäter hektisch an ihr vorbei in Richtung Unglücksort eines Detonationskraters an Deck.

Und dann erst erblickte sie schräg vor ihnen die laufende Hood mit einer großen Rauchentwicklung an Bord.
Sie war zu Tode erschrocken.
Die Hood war ebenfalls getroffen worden: Anthony!

Auf der Brücke der Bismarck bestätigte der 2. Offizier mit dem Fernglas vor Augen den deutschen Erfolg.
>>Treffer der Prinz Eugen, auf dem vorn laufenden Feind!<<
Kommandant Lindemann sprach in den Bordfunk. >>Feuer!<<
Eine erneute Breitseite der Bismarck wurde abgefeuert.

Admiral Holland beobachtete auf der Hood die Silhouetten der abgefeuerten Breitseite der Bismarck, um wiederum seinen Befehl auszusprechen. >>Feuer!<<
Woraufhin er feststellen musste, dass die Geschosse der Bismarck näher an der Hood detonierten.
Sofort gab er Befehl.
>>Das besprochene Wendemanöver nach Steuerbord: Jetzt!<<

An Land, auf dem Luftlandestützpunkt der Royal Air Force, verfolgten die Anwesenden in der Funkleitzentrale die Funksprüche des Seegefechtes. Sie alle waren in Bann gezogen.

Pam nutzte den Moment und schlich sich erneut aus dem Raum, eilte über den Flur und verschwand ein weiteres Mal in dem Büro.

Verzweifelt wählte sie nochmals die Nummer am Telefon.

Tatsächlich ging Onkel Jeffrey diesmal ran. >>Onkel Jeffrey, hier ist Pam! Du musst eine Nachricht absetzten! Jetzt! Sofort! Ich kann es von hier aus nicht! Alle sitzen in der Funkleitzentrale:

- Amy musste ein Wasserflugzeug zur Hood fliegen!
- Und Anthony ist auf Die Hood versetzt worden!<<

- - -

Die Offiziere der Bismarck blickten auf die weiterhin im Wasser detonierenden Granaten der Hood, wobei Kommandant Lindemann plötzlich etwas Weiteres auffiel.

>>Das vorn laufende Schiff fährt ein Wendemanöver! <<

>>Es bietet uns die Breitseite!<<

>>Feuer bereit machen!<<

Admiral Holland beobachtete mit dem Fernglas die riesigen Wasserfontänen seiner Geschosse neben der Bismarck und wandte sich an seine Offiziere. >>Mit Beendigung des Wendemanövers: Feuer frei, für ganze Breitseite auf Die Bismarck! Auf meinen Befehl!<<

Trotz des Gefechtes eilte ein Kadett von Flur zu Flur durch den Bauch des Giganten der Bismarck…um dann endlich einen der Munitionsförderbandräume zu betreten, um so von unten über eine festinstallierte Treppe, aus diesem Raum in Peters 38er Gefechtsturm hinauf zu kommen.
Kaum erreichte er Peter, übergab der Kadett ihm einen Zettel.
Überrascht öffnete Peter die gefaltete Nachricht.

> *Gib Anthony den Tritt in den Hintern*
> *den er sich redlich verdient hat!*
> *Franz*

Auf der Brücke der Bismarck stellte der 1. Offizier durchs Fernglas etwas fest.
>>Das vordere laufende Schiff…-…ist Die Hood!<<
Kommandant Lindemann setzte sofort sein Fernglas an…
…und gab erneuten Befehl. >>Feuer!<<

Peter blickte im Gefechtsturm durchs Okular
- er hatte das vorn laufende Schiff genau im Fadenkreuz -
und sprach Lindemanns Befehl über Kopfhörer aus.
>>…Feuer!<<

Die Bismarck im Gefecht.

Im hohen Bogen flogen die deutschen Granaten durch die Luft ...um sich dann nach Kilometern der Flugphase langsam auf eines der beiden winzig kleinen Ziele auf dem Wasser abzusenken.

Immer mehr wurde deutlich: eines der beinahe eine Tonne schweren Geschosse flog zielsicher auf das vordere laufende Schiff Die Hood zu, welche sich weiterhin für ihre Breitseite in Position drehte.

Admiral Holland bangte auf der Brücke der Hood und beobachtete seine Wende - und sprach sogar mit seinem Schiff.
>>Komm schon. Noch ein Stück.<<
Er gab Befehl. >>Alles klar machen für Breitseite!<<

Peter blickte zeitgleich durchs Okular - und ungläubig erkannte nun auch er.
>>Es ist nicht Die Prince of Wales. - Es ist Die Hood!<<

Weiterhin beobachtete Admiral Holland seine Wende.
>>Noch ein Stück!<< Er warnte vor.
>>Alle Geschütze:...Feuer!<<

Doch explodierte in diesem Augenblick die deutsche Granate direkt in der hinteren Munitionskammer der Hood.

Urgewaltig detonierte die komplette Munitionskammer.
Das ganze Schiff explodierte.

Schrottmassen gewaltigen Ausmaßes flogen wie Spielzeug durch die Luft. Sowie der hintere Geschützturm mit seinen 30 Tonnen.

Eine 100m hohe Stichflamme drückte einen 300m hohen Rauchpilz empor. Die Kraft dieser Detonation riss Die Hood in einem Ruck komplett in zwei Teile.

Peter und einige der jungen Männer blickten durch die Geschützschlitze ihres Gefechtsturmes und waren geschockt über die unglaubliche Explosion.

Doch dann, im Wechselbad ihrer Gefühle, kam Freude auf. Sie konnten es nicht fassen und fielen sich sogar in die Arme.

Zeitgleich jedoch, schwand bei Peter die Euphorie:
- was hatte er getan?
- all die Kameraden.
- und Anthony? Was war mit ihm?
- hatte er zwischenzeitlich doch auf die Hood wechseln dürfen?

Ebenso erinnerte sich Peter an eine Situation an der Atlantikküste, 1933. Sie alle standen als 14 jährige Teenager am Strand und horchten Anthonys Worte.
>>Ich werde Karriere machen.<<
>>Ich werde der Queen dienen...<< Er blickte zur Hood.
>>...bei der Royal Navy.<<

Schneckerl bemerkte im Turm Peters Abwesenheit.
>>Was überlegst du? Ob es unsere Geschosse oder die der anderen Türme waren?<<
Ein weiterer Kamerad brachte es auf den Punkt.
>>Da gibt's nichts zu überlegen!<< Ein dritter ergänzte.
>>Bei allen Übungen, waren wir immer die besten.<<
Peter war geschockt und murmelte vor sich hin.
>>Wie konnte das geschehen?<<

- - -

Eilends erreichte auf dem Festland Onkel Jeffrey seinen Dachboden, schaltete die Geräte ein, ging auf eine bestimmte Frequenz... ...und setzte mit zitternden Fingern per Morsezeichen Pams Nachricht ab.

Und dann noch einmal, zur Sicherheit.

- - -

Auf dem eisigen Meer versank Die Hood!

Das ganze Schiff war mit dem hinteren Teil bereits versunken.

Es musste also noch der Rest des abgesprengten Hecks dranhängen.

Folglich ragte der vordere Bug mit guten 80m Länge aus dem Wasser, während auch dieser weiter absackte.

Wobei der beschädigte zweite Turm tatsächlich noch einen Schuss in den Himmel abgab.

Sekunden darauf verschwand grauenhaft der letzte Rest vom Stolz des britischen Empires in den Fluten des Nordmeeres.

Die sinkende HMS Hood, dahinter die HMS Prince of Wales.

Die gepanzerte Tür der Funkzentrale der Bismarck flog auf und euphorisch prahlte ein junger Maat. >>Wir haben sie! Die Hood! Mit der fünften Salve! In unglaublichen drei Minuten!<<

Franz und seine Funkkameraden blickten ungläubig: das konnte nicht sein. Sie waren skeptisch, denn sie hatten kein Bullauge, aus welchem sie hätten gucken können.

Doch der Maat wiederholte.

>>Wir haben sie mit einem Direkttreffer in der Munitionskammer versenkt! Sie ist komplett auseinander explodiert!<<

Ein weiterer Maat erschien euphorisch in der Tür.

>>Wir haben sie!<< Er riss den Kollegen mit sich und beide verschwanden, während die massive Tür zuknallte.

Franz schaute seine Kameraden an: nun glaubten sie es.

Und sie wussten, diese Nachricht *würde um die Welt* gehen! Lachend umarmten sie sich.

In diesem Augenblick tickerte das Morsegerät.

Franz fing lachend die ersten Signale auf und notierte wie gelernt synchron mit:

- doch sein Lachen schwand, von Wort zu Wort.

- sein Blick wanderte ins Unfassbare, sogar ins Entsetzen!

Starrend blickte er nach Sekunden auf die unglaublichen Zeilen die er notiert hatte und traute seinen Augen nicht:

er wusste, er hatte einen schweren Gang vor sich.

Im Gefechtsturm der Prince of Wales blickte Anthony durch
den Geschützschlitz auf die Wrackteile der Hood:
er war geschockt!
Über Kopfhörer hörte er den Befehl:
>>Abdrehen! Abdrehen! Abdrehen!<<

Augenblicke darauf erschien in Peters Gefechtsturm Anton,
aus dem Munitionsförderbandraum, die kleine Treppe hinauf,
Franz. Peter verstand es nicht: sein Bruder hatte hier nichts
zu suchen. Verschwitzt und gebeutelt trat Franz wortlos auf
ihn zu, er musste gerannt sein.
Peter erwiderte den Blick: was war los?
Franz kam näher und hielt ihm die niedergeschriebene Morse-
nachricht hin.
Peter überflog die Nachricht und traute seinen Augen nicht!
>>Amy ist...als Pilotin einer ATA-Staffel...gestern mit der
Überführung eines Wasserflugzeuges bei der Hood gelandet.<<
Franz musste bestätigen. >>Die Nachricht kam von Pams
Onkel Jeffrey. Jetzt. Gerade eben. Er muss sie von Pam haben.
Als wenn sie uns noch warnen wollten. Amy muss mit an
Bord gewesen sein. Und Anthony auch.<<
Für Peter brach eine Welt zusammen. Er ergriff seinen Bruder.
>>Nein! Nein! Du bist schuld! Du bist schuld! Jetzt ist sie tot!
Deinetwegen musste ich sie in Swansea zurücklassen!<<

Die Kameraden gingen dazwischen und versuchten die beiden
zu trennen. Im Schock riss Peter sich los, öffnete die Turmtür
und eilte auf Deck, mit unfassbarem Blick hin zur Unglücksstelle: es durfte nicht wahr sein!

Auf der Brücke der Bismarck gratulierten die Offiziere Kommandant Lindemann. Während der 1. Offizier pflichtbewusst weiterhin mit dem Fernglas den Feind beobachtete.

>>Prince of Wales, dreht ab.<<

>>Produziert künstlichen Nebel.<<

>>Rückzug in Nebelwand!<<

Auf der anderen Seite der Brücke achtete Flottenadmiral Lütchens noch auf die Worte eines Obermaats der Schiffsleckage. Auch dieser Soldat musste wie Franz gerannt sein. Er war total verschwitzt und hechelte. >>...somit wurde der Brennstoffbunker im Vorschiff zerstört.<<

Die umstehenden Offiziere horchten auf: was war los?

Der Obermaat erklärte weiter. >>Derzeit laufen hunderte Tonnen Brennstoff aus. Einer der Kesselräume ist überflutet. Das E-Werk mit den Turbolader-Generatoren musste aufgegeben werden. Wir mussten es zum Ausgleich der Trimmung fluten.<< endete er.

Flottenadmiral Lütchens überlegte und musste etwas eingestehen. >>Also können wir nicht mehr in den offenen Atlantik durchstoßen.<<

Der 1. Offizier nutzte diese Sekunde und flüsterte zu seinem Kommandanten Lindemann. >>Wir hätten in Norwegen weiteren Treibstoff bunkern müssen.<<

Der 2. Offizier neben dem Rudergänger stellte etwas fest und brachte sich mit ein. >>Die Höchstgeschwindigkeit beträgt nur noch 28 Knoten.<<

Flottenadmiral Lütchens wandte sich ab und blickte aufs Meer.

Er wusste - nachdem er beim Kampf gezögert hatte, unmittelbar auf den Angriff der Engländer zu reagieren - konnte er das Vertrauen seiner Offiziere nur dann zurückgewinnen, wenn er nun die nächste Entscheidung fällen würde.

Mit einer möglichen Lösung wandte er sich hin zum Kartentisch. Konzentriert überflogen seine Augen das Seegebiet, denn er wusste, angeschlagen hatten sie ein großes Problem: die Engländer würden die Vernichtung der Hood nicht ohne weiteres hinnehmen. Dann fand er tatsächlich eine Lösung.

>>Kursänderung. Wir müssen rasch handeln.<<

Die auf der Brücke anwesenden Offiziere eilten herbei.

Lütchens wies auf die Seekarte.

>>Französische Atlantikküste.<<

>>Wir laufen Saint-Nazaire an.<<

Er bemerkte die fragenden Blicke.

>>Das dortige Trockendock ist groß genug für unser Schiff.<<

Er überlegte - und wandte sich an den Signalmaat.

>>Signalmaat. Befehl an Die Prinz Eugen:

- da Prinz Eugen nicht beschädigt,

- Handelskrieg im Atlantik selbstständig durchführen.<<

Sogleich eilte der Signalmaat mit dem 2. Offizier der Brücke zu den Signalflaggen - und zu zweit verschwanden sie nach draußen auf die Brückennock.

Rasch verständigte sich der Signalmaat mit dem 2. Offizier darüber, ob er direkt loslegen soll. Der 2. Offizier nickte...und beobachtete sogleich die Flaggenmeldung hin zur Prinz Eugen.

Zur Sicherheit schaltete der 2. Offizier die Morselampe ein und gab per Lichtmorsezeichen die Meldung nochmals ab.

Einen Augenblick später teilte die Prinz Eugen per Lichtmorsezeichen mit, die Meldung wurde gesichtet und registriert.

Auf See war der kleine Kreuzer Electra längsseits der im Nordmeer schwimmenden und unterkühlten Überlebenden der Hood gegangen, während bereits eine Ansammlung von Männern große Netze an der Bordwand hinab ließen.
Doch die Männer an Bord trauten ihren Augen nicht: es waren nur drei Überlebende die auf das Schiff zu schwammen.

Auf dem Heck der Prince of Wales stand Anthony geschockt da: er wusste, er hätte tot sein müssen.
Mit Wehmut blickte er - wie seine Kameraden um ihn herum - zurück aufs Nordmeer: dort drüben, weitab und nur dunstig, konnten sie die Silhouette der Elektra in 10 Seemeilen ausmachen.

Kaum ergriffen die drei Überlebenden der Hood frierend eines der Netze seitlich der Elektra - begannen die Männer des Kreuzers, sie die ersten Meter hochzuziehen. Sanitäter eilten herbei: sie wussten, gleich würde ihre Erste Hilfe benötigt werden.

Auf der Prince of Wales schlängelte sich achtern auf Deck Amy durch die Ansammlung der Matrosen in Richtung Reling - und auch sie blickte fassungslos zur Silhouette der Electra.
Der Matrose - der sich am gestrigen Tag im Kranhaken auf ihr Flugzeug hatte absetzen lassen - bemerkte sie und klärte auf.
>>Es ist die Electra. An der Unglücksstelle.<<
Amy war am Boden zerstört. Der Matrose sah es, sprach aber Klartext. >>Sinnlos. Eine solch gewaltige Explosion kann kein Mensch überlebt haben.<<
Amy traf diese Aussage wie ein Schlag: Anthony!
Der Matrose legte nach: >>Und Sie wären beinahe mit dabei gewesen.<< Nochmals entgleisten Amys Gesichtszüge, daran hatte sie gar nicht gedacht.
Gemartert hielt sie den Blick aufs Meer und hauchte, nur für sich.
>>...er ist tot.<<

Endlich zogen die Retter auf der Electra das Netz die letzten zwei Meter mit den drei Überlebenden hoch. Zeitgleich reichten die aufgefischten Matrosen weit die Hände hinauf und wurden mit letzten Kräften auf Deck gezogen.

Sofort hüllten die Sanitäter sie in Decken ein und führten sie ins Innere des Schiffes.

Achtern auf Deck der Prince of Wales blickte Anthony weiterhin geschockt in Richtung Silhouette der Electra, bis ihm im Augenwinkel durch die Ansammlung der Männer etwas auffiel: er traute seinen Augen nicht. >>...**Amy!**<<

Sie erblickte ihn und war verblüfft. >>...**Anthony!**<< Er lebte!

Sofort eilte sie auf ihn zu und fiel ihm um den Hals.

Vor allen Männern.

Anthony war völlig durcheinander: was alles geschah hier auf See?

Nach einer Sekunde der Freude und der Irritation drückte er sie - wohl wissend, dass die Männer ringsum alles verfolgten - von sich.

Vorwurfsvoll herrschte er sie an. >>Was machst du hier?<<

Amy war überrascht, dieser Ton. >>Du lebst!<<

Doch er forderte sie. >>Amy!<<

Sie verstand sein Denken nicht. >>Ich, ich erhielt Befehl...<<

Sie versuchte nicht das Falsche zu sagen, dass sie tags zuvor längsseits der Hood gegangen war. >>...das Wasserflugzeug, von gestern, zur Prince of Wales zu fliegen.<<

Er reagierte vorwurfsvoll. >>Bist du des Lebens?<<

Amy drückte die Augenbrauen: sie hatte einen Auftrag.

>>Ich hatte einen Befeh...<<

>>**Was** geschieht hier?<< unterbrach er.

Er blickte hinaus aufs Meer. >>...i-ich...hätte tot sein müssen.<<

Er stockte. Er war nur in seiner Welt: seiner militärisch, maritimen, strammen Welt. Und Amy, registrierte er nur als überflüssige Sache. Als Klotz am Bein. Vor all den Männern. Nicht als seine Frau.

Verzweifelt mühte er sich. >>Erinnere dich an meine Worte:<< Er wies in Richtung Electra. >>Die Männer der Royal Navy halten zusammen. Wir sind Kameraden, die für den anderen durchs Feuer gehen. Wir taten einen Schwur.<< Er blickte zur Silhouette. >>Warum bin ich jetzt nicht auf der Electra?<< Selbstquälerisch verwies er auf seinen Schwur. >>Kameraden, die selbst den Seemannsfeind retten, wenn er in Not ist. Weil er ein Seemann ist.<< Die Geschehnisse überforderten ihn. Er war total durcheinander. >>...und jetzt bist du auch noch hier.<< Amy sah seinen Kampf. Warm sprach sie auf ihn ein. >>Alles ist gut. Du lebst.<< Doch Anthony bemerkte die Blicke der umstehenden Matrosen und flüchtete sich in seinem strengen Dienstwirrwarr. >>Nein. Eine Frau an Bord eines Kriegsschiffes. Das geht nicht.<< Er wies aufs Meer. >>Und dann noch Die Bismarck!<< Er hielt inne.

Er kämpfte. Und ließ vor Kälte seine Hände in seine Seemannsjacke verschwinden, wobei er etwas fühlte und es hervorholte: es war sein Befehl auf Die Hood überzusetzen. Nochmals schockierte es ihn. Er zerknuddelte den Befehl. >>Und du, hast hier nichts zu suchen.<<

Der junge Matrose, der Amy zuvor aufgeklärt hatte, beobachtete die beiden.

Amy war perplex. >>Ich hatte einen Befehl. Der mich...<<
>>Ins Verderben bringt!<< unterbrach Anthony.

Er wies mit langem Arm in Richtung Unglücksstelle.

>>Du hast hier nichts zu suchen. Wir haben Krieg!<<

Der einfache Matrose ging trotz der Rangunterschiede da-zwischen. >>Kamerad. Belästigen Sie die Lady nicht.<<

Anthony hörte wohl nicht richtig: ein Mannschaftsgrad erzählt ihm was er zu tun hat?

>>Sie gehen erst einmal in Grundstellung, wenn Sie mit einem Unteroffizier sprechen. Matrose.<< Doch der Matrose stand seinen Mann. Er wies aufs Nordmeer hinaus.

>>Wir haben gerade etwas andere Probleme.<<

Nochmals blickte der Matrose extra zu Amy.

Anthony zürnte. >>In Grundstellung, Sie Wurm!<<

Er zeigte auf Amy.

>>Und nie wieder! Nie wieder schauen Sie meine Frau so an!<<

Seine Frau? Der Matrose glaubte es nicht und tat es absicht-lich noch einmal. Woraufhin Anthony ihm sofort darauf einen Faustschlag versetzte.

Es kam zur Keilerei.

Umstehende Kameraden griffen mit ein.

Und Amy mittendrin war entsetzt.

Der Decksoffizier - der Amy am Tag zuvor auf der Prince of Wales in Empfang genommen hatte - eilte dazu und ging ebenfalls dazwischen.

- - -

In Hamburg bei Blohm & Voss richteten die Werftarbeiter im Trockendock - schweißend unter einem U-Boot liegend - gebannt ihre Ohren zum Radio eines Vorarbeiters.

>>Achtung, Achtung! Sondermeldung! Das Oberkommando der Wehrmacht gibt bekannt: ein Deutscher im Atlantik operierender Flottenverband - unter Führung des Flottenadmirals Lütchens - stieß im Seegebiet um Island auf schwere englische Seestreitkräfte. Das Schlachtschiff Bismarck hat hierbei einen englischen Schlachtkreuzer vernichtend geschlagen!<<

>>Es handelt sich um den Schlachtkreuzer Die Hood!<<

Die Männer waren baff.

Sie sprangen auf.

Sie umarmten sich.

Euphorisch trauten sie den Worten des Radiosprechers nicht. Einer der Arbeiter sprach laut. >>Wir! Wir haben sie gebaut!<<

Er wandte sich an den Vater von Peter und Franz.

>>Und deine Söhne sind mit an Bord! Du kannst stolz sein!<<

Der Vater von Peter und Franz war es. >>Und das bin ich! Meine Söhne...<< >>...schreiben Kriegsgeschichte!<< ergänzte der andere.

Die umstehenden Werftarbeiter klatschten drauf los und umarmten den Vater von Peter und Franz.

- - -

In Swansea, im Haus von Peter und Franz Grandpa, verfolgte die Mutter erschüttert mit dem Großvater die letzten Worte der unglaublichen Nachricht im Radio. >>...Die Hood sank innerhalb weniger Augenblicke. Nur drei Mann konnten vom Zerstörer Electra gerettet werden. Die Prince of Wales erlitt ebenfalls Treffer. Soweit die Sondermeldung.<<

Der Grandpa schaltete das Radio aus. >>Ich kann das nicht glauben. Nicht Die Hood. Das ist eine Falschmeldung.<<

Die Mutter war tief besorgt. >>Oh, mein Gott.<< Sie blickte zum ebenfalls anwesenden Onkel Jeffrey, der Beistand leistete.

>>...und Amy und Anthony - tot.<<

Sie konnte ihre Tränen nicht mehr zurückhalten.

>>Und die Jungs. Meine Jungs. Meine Jungs auf der Bismarck.<<

Sie blickte zum Grandpa. >>Was haben sie getan?<<

- - -

An Deck der Prince of Wales stand Amy am Abend in Gedanken in der Nähe des Flugzeugkatapultes und blickte aufs Meer.

Sie war nach wie vor in Bann gezogen von den Geschehnissen.

Der Decksoffizier kam auf sie zu und brachte einen Kaffee.

>>Jetzt haben Sie´s erlebt.<< Auch er war noch in Bann.

>>Die mächtigsten Schiffe der Welt.<<

Sie nahm die blecherne Kaffeetasse an. Er selbst musste das Erlebte ebenso noch verarbeiten und wies auf das eigene Schiff, auf welches große Reparaturarbeiten hier und dort in Gange waren.

>>Vier Treffer durch die Bismarck auf unser nagelneues Schiff. Drei durch die Prinz Eugen...und dann die toten Kameraden.<<

Er wies auf Schweißarbeiten an einem der 15cm Geschütztürme.

>>Einen solchen Schlachtausgang hatte sich Ihr Ehemann sicherlich nicht erträumt. Dabei hatten Sie beide noch unverschämtes Glück.<< Er hielt inne. Überlegte.

Und hakte nach.

>>Was sagten Sie: wie viel Jahre?<<

>>Seit seinem 14 Lebensjahr.<< klärte sie auf.

Der Offizier verwies auf das was kommen würde. >>Dieses Disziplinarverfahren wird seine ganze Karriere grundlegend beeinflussen.<< Er wurde aus dem Hintergrund gerufen.

Sogleich wandte er sich ab, blieb aber nochmals stehen.

>>Und das andere, jetzt wissen Sie´s:<<

Er ging in sich, um verständnisvoll weiterzusprechen.

>>Keine Frauen an Bord eines Kriegsschiffes.<<

>>Seit Jahrhunderten.<<

Er verabschiedete sich.

168

Amy blickte ihm nach: sehr wohl verstand sie die Gemütslage der ganzen Besatzung - und eines jeden Einzelnen - doch letztendlich war auch sie als Frau, ein Mensch.
Jemand, der Dienen wollte.

Ihr Blick schweifte über die Reparaturarbeiten und sie sah, wie parallel dazu behandelte Verwundete hier und dort von Kameraden gestützt wurden.
Sie schaute wieder aufs Meer, während weiterhin Wortfetzen und kleinere Befehle an ihr Ohr gelangten.

Das rhythmische Brechen der Wellen in der untergehenden Sonne ließ ihre Gedanken ein weiteres Mal schweifen.
Es war für sie unfassbar, was an diesem Tag im Morgengrauen geschehen war.

Drei Matrosen unterbrachen ihre Schweißarbeiten hinter Amy und kamen aus der Luke des beschädigten 15cm Geschützturmes hervor. Sie lehnten sich an das Geschütz und alle drei kramten je eine Zigarette aus ihrer Hosentasche.
Wortlos starrten sie vor sich hin. Bis dann der erste Matrose einen Gedanken preisgab. >>Sie ist übermächtig.<<
Der zweite Matrose unterstrich. >>Keine Armee der Welt wird ihr was anhaben können.<< Der erste Matrose war gedanklich bei den Verstorbenen der Hood. >>Die armen Seelen.<<
Der dritte Matrose jedoch sprach gegen an.
>>Ich will nicht ein Wort mehr davon hören.<< Er glaubte es nicht. >>Sie ist ebenfalls nur aus Stahl. Und die Männer der Bismarck sind ebenfalls wie wir, nur aus Fleisch und Blut.<<

Sein eindringlicher Blick ließ die beiden Kollegen verstummen, so dass für einen Augenblick Stille herrschte.

Sprachlos zogen sie an ihren Zigaretten.

Bis dann der erste der Matrosen das Thema änderte und murrte. >>...er spielt sich nur auf.<< Der zweite Matrose wusste, was sein Kamerad meinte. >>Weil er denkt, dass er was Besseres ist. Dabei ist er nur zwei Jahre älter.<<

Der dritte Matrose fühlte dem zweiten auf den Zahn. >>Du hättest auch auf die Akademie gehen sollen.<< Doch der zweite wusste sich zu wehren. >>Haben meine Eltern Geld?<<

Abseits stehend horchte Amy mit einem Ohr mit.

Der erste Matrose ahnte, was kommen würde. >>Das bedeutet: wieder nur Stress und Ärger für die Jungs im Turm Anton.<<

Der zweite Matrose verstand es nicht. >>Dabei war er weg! Von Bord!<< Er tat eine Geste des Trinkens. >>Und hat´s jetzt schon wieder in sich.<<

Der dritte Matrose pflichtete bei, er war ebenso im Thema drin. >>Unteroffizieranwärter McConnor sollte sich beschweren.<<

Der zweite Matrose unterstrich. >>Ich würd´s tun.<< Der erste Matrose zog an seiner Zigarette. >>The German General nennen ´se ihn im Offizieranwärter-Deck. Weil alles immer: absolut genau und nach seiner Pfeife gemacht werden muss.<<

Der zweite und dritte Matrose horchten. Der erste Matrose fuhr fort. >>Schon mal gesehen, wie er übers Deck stolziert?<<

Der zweite Matrose konnte nur bestätigen. >>Und kassiert Ruhm und Ehre im Offizierslockbuch, dafür, wie gut er die Mannschaftsgrade von links nach rechts scheucht.<<

Der dritte Matrose entdeckte einen ankommenden Unteroffizier. >>Oh, Shit.<<

Der erste Matrose drückte seine Zigarette am Turm aus und ließ sie in die Hosentasche verschwinden. >>Abtauchen.<<
Die beiden anderen taten es ihm gleich. Und schon verschwanden sie im Geschütz, woraufhin die gepanzerte Tür zuknallte.

Sekunden darauf erschien Anthony am beschädigten 15cm Geschütz - und öffnete maulend die Panzertür. >>Wer hat von nicht genehmigten Zigarettenpausen gesprochen? Wir sind im Krieg. Sehen Sie zu, dass Sie mit ihrer Arbeit fortschreiten.<<
Daraufhin wollte er gehen, doch er entdeckte Amy.
Dabei hatte sie, genau dies nicht gehofft.

Sogleich schritt er auf sie zu, um sie hart von hinten anzusprechen. >>Ich kann es weiterhin nicht gutheißen, dass du hier bist.<<
Amy blickte erbost: noch immer dieser Ton. >>Was wird das?<<
Er wiederholte gekünstelt. >>Was das wird? Hast du vergessen was passiert ist?<< Er unterbrach, um sich nochmals mit seinen glasigen Augen zu konzentrieren. >>Es ist eine...
...delikate Situation. Peinlich.<< Er unterstrich. >>Für mich.<<
Sie bemerkte seinen alkoholischen Atem. >>Bitte?<<
Er blieb bei seinem Wort. >>Es bleibt dabei: eine Frau hat an Bord eines Kriegsschiffes nichts zu suchen. Und dann auch noch meine.<<
Sie traute ihren Ohren nicht. >>Und dann auch noch deine?<<
Er wich aus. >>Es ist zu gefährlich. Und...<<
>>Reicht es nicht, dass wir Frauen überall benachteiligt werden? Musst du nun auch noch damit anfangen?<< unterbrach sie.
>>Ich fange nicht damit an: es ist ein ungeschriebenes Gesetz. Oder siehst du hier an Bord irgendwo noch eine andere?<<

Warum tat er das? Sie verstand es nicht.

>>Anthony. Ich habe mich so sehr gefreut, dich wieder zusehen. Aber ich habe nicht um diesen Auftrag gebettelt.<<

Er kam wieder mit einer seiner Floskeln. >>Wir sind im Krieg.<<

Sie entgegnete. >>Wir sind verheiratet.<<

>>In einem Krieg!<< konterte er unwiderruflich.

Sie war perplex: schon wieder dieser Ton.

Und was für eine bornierte Ansicht.

Sie rang nach Fassung. Um dann doch diese Frage - die schon seit Jahren in ihr und in all den anderen Menschen bohrte - zu stellen. >>Warum bist du so? Warum? Keiner versteht das: weder Mary-Anne. Weder Pam. Noch Monica. Noch deine Mutter. Keiner versteht das.<< Er tat auf Mann. >>Das müsst ihr Frauen auch nicht: dies hier ist ein Krieg, in dem Männer kämpfen.<<

>>Ach, so: der Mann. Der Beschützer der Frau. Der abends im Pub und Offiziersheim damit angibt, dass er sie wieder zur Ordnung gebracht hat.<<

Er zürnte. >>Vorsicht.<<

Sie forderte ihn. >>Warum?<<

Er schwenkte das Schwert. >>Weil ich es war, der die peinliche Angelegenheit akzeptiert hat.<< Amy verschlug es den Atem.

Er setzte nach. >>Ich hab mich vor allen anderen in Swansea vor dich gestellt.<< Sie verzweifelte. >>Du kannst so gemein sein.<< Er legte nach. >>Und ich habe mich mit dir vor den Altar gestellt.<<

>>Wie großzügig.<<

Er trat ein weiteres Mal zu. >>Wer hat denn alles bezahlt?<<

Ihr verschlug es nochmals den Atem.

Doch sie würde nicht darauf eingehen. Ihr war es zu blöd, über das Thema Geld zu sprechen. >>Es ändert aber nichts daran...<< Sie wies auf die Kriegsschiffe. >>...dass ich nun hier bin - und dummerweise nicht weg komme.<<
Er blieb verletzend. >>Es ändert nichts daran, dass du mich hier auf diesem Kriegsschiff ebenfalls zum Gespött machst.<<
>>Ebenfalls?<< Wie konnte er es wagen?
Sogleich rang sie ein weiteres Mal nach Fassung.

Doch genug war genug.
Sie fällte ihre Entscheidung. >>Es reicht.<<
Innerlich explodierte sie sogar und wiederholte. >>Es - reicht!<<

Einige Matrosen ringsum wurden Zeuge dieses letzten laut ausgesprochenen Satzes - und sie beobachteten, wie sich diese Pilotin von dem Unteroffizier abdrehte und ihn stehen ließ.

Am gleichen Abend erhaschten Franz und seine Kameraden in der Funkleitzentrale über Kopfhörer einen Funkspruch, woraufhin sie sofort damit begannen, die Verbindung deutlicher reinzukriegen.

Dann gelang es ihnen...und ungläubig horchten sie ins Netz.

>>Der Funkspruch kommt vom Festland. Aus London.<< stellte Franz fest. Und spitzte die Ohren. >>Er ist von Churchill!<< Gebannt notierte er. >>Er geht an das... Flottengeschwader mit der King George. ...an Flottenadmiral Tovey.<<

Seine Schreibmaschine ratterte, während er weiter aus dem rauschenden Netz dokumentierte. Die Kollegen blickten über seine Schulter und trauten dem Niedergeschriebenen nicht.

Ein Kamerad las das von Franz niedergeschriebene laut mit.

>>...und - so - ist - es - egal... ...wie - ihr - es - macht... ...aber...versenkt...Die Bismarck! --- Winston Churchill.<<

Auf der Brücke der Bismarck beugte sich Flottenadmiral Lütchens mit Kommandant Lindemann und weiteren Offizieren über eine detaillierte Seekarte der Dänemarkstraße.

>>Mit höchst anzunehmender Sicherheit werden uns die Engländer im Zickzackkurs folgen.<< sprach er.

Um dann überlegend fortzufahren. >>Zu gegebener Zeit werden wir ein Ausweichmanöver fahren.<<

In diesem Augenblick erschien Franz auf der Brücke.

Er wollte dass über Funk Aufgefangene persönlich abgeben.

Stramm ging er in Grundstellung. >>Funkunteroffizier Hinrichsen. Mit Meldung.<<

Er wies auf das gefaltete DIN A4 Blatt in seiner Hand.

Der 1. Offizier bat einzutreten. >>Mann auf Brücke.<<

Franz trat vor und überreichte dem 1. Offizier die niedergeschriebene Nachricht. >>Diese Meldung wurde soeben an das Flottengeschwader mit der King George gesendet. An Flottenadmiral Tovey.<< sprach er.

Franz beobachtete, wie Flottenadmiral Lütchens die Meldung vom 1. Offizier erhielt und diese überflog.
Die Gesichtszüge des Admirals unterstrichen die Aussage der Meldung. Hauchend sprach er. >>Versenkt...Die Bismarck.<<

- - -

In Swansea saß die Mutter von Peter und Franz mit dem Grandpa am Abend erneut vor dem Radiogerät.
Gebannt achteten sie auf die letzten Worte des britischen Premierministers Churchill in einer Radioansprache über die BBC.
>>...und so ist das Gebot der Stunde Die Hood zu rächen.<<
>>Alle, alle erdenklichen militärischen Möglichkeiten werden in Betracht gezogen um Die Bismarck zu versenken.<<
Das war das Ende des Radioberichtes des Premierministers.

Der Moderator sprach noch einige Sätze zur Rede von Churchill, wobei die Mutter besorgt das Gerät leiser drehte.
Der Grandpa wusste um die Besorgnis seiner Tochter, er erhob sich von seinem Küchenstuhl und nahm sie fürsorglich in den Arm.
Benommen saß sie da und starrte vor sich hin. Dann konnte sie hauchend ihre Gefühlslage nicht mehr für sich behalten.
>>Oh, mein Gott. Meine Jungs.<<

- - -

Gebannt stand Anthony an diesem Abend in Grundstellung auf der Brücke der Prince of Wales vor dem Captain. Und ein jeder der mitanwesenden Offiziere verspürte die äußerst angespannte Situation, denn der Captain war sichtlich enttäuscht. Mehr noch, er war erbost.

>>...folglich duldet der Sinn und Zweck des Zusammenhaltes einer Bordkameradschaft eines Kriegsschiffes derartige Aussetzer nicht. Sie haben Mut und Tapferkeit während des Kampfes bewiesen. Doch haben Sie sich befehlswidrig in einer Gefechtssituation über den `im Amt befindlichen´ Unteroffizieranwärter McConnor im Turm Anton gestellt. Und diesen gar des Turmes verwiesen. Mit dem Befehl Ihres Übersetzens auf Die Hood aber, hatte *er* den Befehl über Turm Anton erhalten.<<

Dem Captain fehlten die Worte. Er drehte sich ab. Blickte aufs Meer. Und stöhnte. >>Sie sind ein Absolvent der Militärakademie. Ausgezeichnet mit Ehrungen. Sie haben sich in all den Jahren mit respektablen Leistungen hochgearbeitet. Und auf Drängen ihres Onkels, habe ich Sie mit auf mein Schiff genommen.<<

Er blickte Anthony wieder an. >>Sie hatten es geschafft: bis auf die Liste, zur Auswahl für Die Hood. Und dann so etwas.<<

Er wies auf die Offiziere der Brücke, die in Reih und Glied dastanden. >>Ein jeder von uns hat dergleichen noch nie erlebt. Mehr noch: in der geschichtsträchtigen und jahrhundertealten Geschichte der Royal Navy ist dieser Vorgang einmalig. Skandalös.<<

Anthony hielt sich unter Kontrolle. Nicht ein Wort verließ seine Lippen. Wobei er es am liebsten rausschreien würde.

Ja, am liebsten würde er es rausschreien, warum er es getan hatte.

Doch er wusste, niemanden würde sein persönlicher Grund für sein Fehlverhalten wirklich interessieren: für *seinen* Kampf, den er führen musste.

Denn sie waren im Krieg: sie hatten andere Probleme.

Der Captain teilte eine Entscheidung mit.

>>Da die Prince of Wales weiterhin auf großer Fahrt bleibt - insbesondere mit der weiteren Suche nach der Bismarck - habe ich aus persönlichen Gründen angeordnet: dass Sie am späten Abend - sobald der schwere Kreuzer Dorsetshire uns kreuzen wird - auf diesen übersetzen werden. Ich habe nicht einmal mehr Lust auf unseren Versorger zu warten, der Sie eigentlich hätte mit nach Hause nehmen sollen. Die Dorsetshire selbst wird demnächst ebenfalls unser Mutterland ansteuern: Inklusive Ihrer Person. Inklusive eines Disziplinarverfahrens. Und inklusive Ihrer Ehefrau, der Pilotin.<< Er schaute zum Decksoffizier um zu ergänzen. >>Wie ich mittlerweile erfahren habe.<< Er blickte aufs Meer. >>Ich will Sie Sir, nur noch von Bord haben.<<

Am späten Abend wurde Anthony gedemütigt mit einer Barkasse zum längsseits laufenden schweren Kreuzer Dorsetshire übergesetzt, wobei beide Kampfschiffe während dieses Manövers nebeneinander parallel in langsamer Fahrt liefen.
Auch Amy war mit an Bord der Barkasse, doch sie würdigte Anthony keines Blickes.

Von der Brücke der Prince of Wales aus, schaute der Captain der schaukelnden Barkasse nach. Und er war weiterhin vor den Kopf gestoßen: wie um Gottes Willen konnte sich ein solcher Skandal auf seinem Schiff ereignen?
Doch die Realität holte ihn wieder ein. Folglich begab er sich hin zum Kartentisch, der bereits von seinen Offizieren umringt wurde.
Gemeinsam blickten sie auf die Seekarte, während der 1. Offizier mit der Hand über den Seeplan wies.
>>Sir. Die Radarfühlung zeigt, dass Die Bismarck weiterhin in Richtung Süden läuft. Wir befürworten jedoch unsere eingehende Einschätzung, dass Die Bismarck es nicht wagen wird den Ärmelkanal anzusteuern, um das Deutsche Reich anzulaufen.<< Der 2. Offizier ergänzte.
>>Stattdessen aber Frankreich.<< Doch er warnte, für ihr Schiff.
>>Inklusive der Gefahr deutscher U-Boote.<<
Der 1. Offizier stimmte zu. >>Und inklusive deutscher Lufthoheit vor Frankreich. Sie wissen, dass die ganze britische Home Fleet sie jagt.<<
Der Captain nickte. Und begann aufzuzählen.
>>Die King George, der Schlachtkreuzer Repulse, der Flugzeugträger Victorious, sowie weitere Kreuzer und Zerstörer haben sich uns angeschlossen.<< Er blickte zur Dorsetshire.
 >>Und die Dorsetshire wird gleich nach diesem Manöver wieder ausschwärmen. - Aber unser Verband ist zu langsam. Wir können nicht mehr lange Tuchfühlung halten.<<

Auf der Brücke der Bismarck suchte Flottenadmiral Lütchens am späten Abend den Blickkontakt hin zu einem der Offiziere. Dieser bemerkte es und gab leise - als wenn es der Feind hören könnte - zu verstehen. >>Sie sind weiterhin an uns dran.<< Er ergänzte, und wies auf seinen Kopfhörer. >>Die Jungs im Beobachtungsdienst fangen mit dem Funkmeß-Ortungs-Gerät immer wieder schwache Ausstrahlungssignale auf.<< Er untermauerte. >>Es kann nur der Feind sein. Wer sonst strahlt hier auf See Ausstrahlungssignale aus?<<

Lütchens verstand.

Er schaute aufs Meer - und seine Gedanken wanderten. Denn er wusste, seine bereits gefallene Entscheidung war gefährlich. Doch er selbst sprach sich und seinen Offizieren Mut zu. >>Ich bin mir sicher, wir werden sie mit der gewagten Kreisbewegung überlisten.<< Er blickte zum Kommandanten Lindemann und entschied endgültig. >>Wir werden hinter ihrem Rücken ihre Bahn kreuzen - und danach erneut in Richtung Frankreich stoßen.<< Er schaute zum 1. Offizier. >>Beginn des besprochenen Kreismanövers: jetzt.<< Der 1. Offizier wandte sich an den Rudergänger. >>Besprochenes Kreismanöver: jetzt.<<

Unverzüglich drehte der Rudergänger am Steuerrad, solange, bis er mit dem Rad die vorgegebenen Gradzahlen erreicht hatte.

In der Nacht lag Amy auf der Dorsetshire in ihrer Kajüte verheult in der Koje, denn das Geschehene war weiterhin ungeahnt schmerzlich.

Irgendwann dann, schaltete sie das Licht an und kämpfte mit ihrer Fassung. Mit ausgestrecktem Arm griff sie nach ihrer Fliegerjacke - und holte das gestickte Emblem der Heeresflieger hervor:

vorsichtig betastete sie das Geburtstagsgeschenk von Peter.

Und deutlich war ihr anzusehen, wie sehr sie sich nach dieser Vergangenheit sehnte.

Harte Schritte näherten sich ihrer Kajüte - und nur eine Sekunde später flog die Tür auf: es war Anthony.

Er traute seinen Augen nicht, als er sah, was sie in den Händen hielt: ein gesticktes Emblem mit einem Hakenkreuz!

Blitzschnell, trotz seines Alkoholpegels, entwendete er es.

>>Was soll das? **Was soll das?!**<<

Es schmerzte. Denn er wusste was es bedeutete.

Grauenhaft sprach er. >>Du bist nicht wegen dem Krieg in England geblieben. Du bist wegen ihm geblieben!<<

Amy entgegnete. >>Wo ist der Mann, den ich geheiratet habe?<<

Er ging nicht darauf ein. Stattdessen verhöhnte er sie.

>>Ein Jahr lang. Ein ganzes Jahr lang warst du so dumm und hast auf ihn gewartet.<< Sie ignorierte diese Behauptung.

>>So wie du hier bist, so kenne ich dich überhaupt nicht.<<

Er blieb hart bei dem, was er sagen wollte. >>Hast tatsächlich geglaubt, er kommt zurück. Und hast mich deswegen und wegen der peinlichen Angelegenheit ein ganzes Jahr warten lassen.<< Er riss die Augen weeeit auf. >>Aaaber, er ist nicht wieder gekommen. Kapier´s endlich:...<< Er höhnte lachend.

>>...er hat dich vor deinen Augen stehen lassen.<<

Das war genug. >>Raus!<< befahl sie. Und befürchtete harten Protest. Doch unerwartet knickte er ein. Er brauchte sogar einen Atemzug, um dann erst wieder sprechen zu können.
>>Ich hab dir alles geboten. Alles.<< Er starrte vor sich hin und war verloren. >>Und meine Liebe.<<

Sie aber hatte es satt und nahm sich endlich ihr Herz.
>>Jeder hat mich gewarnt vor dir: vor dem Schritt mit dir vor den Traualtar. Du bist herrschsüchtig. Du befiehlst Dinge nur zu deiner eigenen Befriedigung. Du willst und musst immer dein Recht bekommen. Du denkst nur an dich. Und um Gottes Willen: du bist ein Trinker.<<

Auf der Brücke der Prince of Wales bemerkte in dieser Nacht der Radaroffizier verzweifelt etwas Erschreckendes. Sogleich versuchte er mit verschiedenen Anzeigen und Einstellungen an den Apparaten das von ihm entdeckte wieder revuepassieren zu lassen, doch es gelang ihm nicht.

Mit sich selbst ringend - wie konnte das geschehen? - wandte er sich kreidebleich an einen Untergebenen. >>Obermaat. Informieren Sie den Captain: wir haben Die Bismarck verloren.<<

Ebenso taten die Soldaten auf der Bismarck in dieser Nacht ihren Dienst. Der Offizier auf der Brücke, der mit dem Beobachtungsdienst in Verbindung stand, wies auf seinen Kopfhörer und sprach in die Runde.

>>Der Beobachtungsdienst teilt mit, die britischen Fühlungshalter müssen uns verloren haben.<< Er wandte sich an den Flottenadmiral. >>Unsere Jungs fangen seit geraumer Zeit mit dem Funkmeß-Ortungs-Gerät keine Ausstrahlungssignale mehr auf.<<

Flottenadmiral Lütchens war guter Dinge. >>Ich hab´s gewusst.<< Er blickte seine Offiziere an. >>Das Manöver gelingt.<<

Bis in den frühen Morgen des 25. Mai hinein mühten sich die Offiziere der Prince of Wales um eine Lösung des Problems, dass sie die Bismarck verloren hatten. Der 1. Offizier wandte sich an einen untergebenen Kameraden. >>Funkmessoffizier. In welche Richtung zeigten die letzten Daten Die Bismarck an?<< Der Funkmessoffizier gab zu verstehen. >>Sir. Die Messdaten zeigten eindeutig wieder nach Norden.<<

Der 2. Offizier brachte einen Gedanken ins Spiel. >>Norden? Sie wollen über die Dänemarkstraße wieder zurück nach Norwegen.<< Der Captain vernahm diese Überlegung. Er grübelte und wusste nicht so recht. >>Wir tappen im Dunkeln.<<

Zeitgleich stellte der Unteroffizier des Beobachtungsdienstes der Bismarck am Funkmeß-Ortungs-Gerät fest, es gab weiterhin keine Funkpeilungen der Engländer. Er machte eine Notiz und sprach über Bordfunk mit dem Offizier auf der Brücke, welcher sich wiederum an den Flottenadmiral wandte.

>>Alles sauber. Weiterhin seit Stunden keine Funkpeilungen.<< Admiral Lütchens fühlte sich in seiner Taktik bestätigt und gab einen Befehl an den 1. Offizier. >>Setzen Sie eine Nachricht für den Funkraum auf:<< Der 1. Offizier nahm ein Blatt Papier. Der Flottenadmiral begann zu diktieren. >>An die Marinegruppe der Seekriegsleitung in Paris. ... ...<<

Franz blickte im Funkraum der Bismarck zu einer an der Wand hängenden Uhr - es war 09:10 Uhr - und korrigierte seine Armbanduhr. In diesem Augenblick meldete sich ein Maat verunsichert in der Tür. >>Hinrichsen, eine Funkmeldung. Von Lütchens, persönlich.<<

Franz nahm sie entgegen und bemerkte, der Maat blieb in der Tür stehen. Wieso?

Erst jetzt blickte er auf die Funkmeldung, die er versenden sollte. Ebenso erhaschte auch einer der Funkkameraden von Franz einen Blick und traute seinen Augen nicht.

>>Niemals. Die ist viel zu lang.<< Der Maat entgegnete. >>Befehl von Brücke.<< Franz überflog leise die Meldung. >>...es wurde der Brennstoffbunker im Vorschiff zerstört.

- Verlust großer Mengen Treibstoff. - Kesselraum geflutet. - E-Werk aufgegeben. - Zur Trimmung ebenfalls geflutet.<< Er blickte zum Maat. >>Und dann noch mehrere Zeilen über den Kampf mit der Hood.<< Er warnte. >>Sie werden uns orten. Bist du sicher, dass...<<

Der 2. Offizier der Brücke betrat den Funkraum, denn er hatte die Bauchschmerzen von Franz Hinrichsen bereits vorgeahnt. >>Funkunteroffizier Hinrichsen, gibt´s Probleme?<<

Franz hatte sie in der Tat.

>>Entschuldigen Sie, man wird uns orten.<<

Der 2. Offizier versteckte sich unwiderruflich hinter einer Floskel. >>Das überlassen Sie mal getrost dem Flottenadmiral. Der weiß was er tut. Und jetzt kommen Sie Ihrer Arbeit nach.<<

Verwundert erspähten im Beobachtungsdienst der Prince of Wales die Funkmeßoffiziere den Funkspruch. >>Sie senden!<< Und sofort begannen sie damit, den Ausgangspunkt des Signals zu berechnen. >>Peilung läuft!<<

Eilend kam Augenblicke später der Funkmessoffizier selbst auf die Brücke der Prince of Wales gerannt und blieb vor dem Captain stehen. >>Sir, sie haben gesendet! Die Daten der Bismarck!<<
Der Captain blickte sofort auf die Positionsdaten und stellte fest. >>Sie haben uns überlistet.<< Rasch eilte er zum Kartentisch und sogleich kamen die Offiziere hinzu, während der Alte bereits mit der Hand wies. >>Unser Verband befindet sich hier. Die Bismarck bereits dort. Knappe 1000 Seemeilen vor Frankreich.<< Er grübelte. >>Die einzige Rettung, ist nun nur noch unsere Gruppe Force H.<<
Er wies erneut mit der Hand über die Karte.
>>Hinaufkommend aus Gibraltar, müssen sie der Bismarck den Weg abschneiden.<<
Der 2. Offizier ergänzte. >>Mit dem Flugzeugträger Ark Royal, dem Schlachtkreuzer Renown und dem Kreuzer Sheffield.<<
Der 1. Offizier dachte voraus und sprach zu seinem Captain.
>>Sobald die Ark Royal nahe genug ist, muss sie ihre Torpedobomber rausschicken, um Die Bismarck lang genug zu beschäftigen. Solange, bis der Rest der Gruppe Force H und wir vor Ort sind.<<

In der Funkleitzentrale der Bismarck registrierten Franz und seine Kameraden feindlichen Funkkontakt - und sofort begannen sie damit alles zu notieren.

Unmittelbar darauf eilte Franz mit der Meldung zur Tür hinaus, um über verschiedene Treppen hinauf bis auf die Brücke zu gelangen, denn auch diese Meldung wollte er - entgegen der eigentlichen Dienstverordnung - persönlich abgeben.

Auf der Brücke angekommen, übergab er die niedergeschriebene Meldung Flottenadmiral Lütchens. Der überflog die Hiobsbotschaft. >>Sie haben uns angepeilt.<<

Er überlegte…und kam zu einer Erkenntnis.

>>Mein 53. Geburtstag fing so gut an.<<

In diesem Augenblick betrat verschwitzt und durchnässt ein Obermaat die Brücke - der bereits schon einmal hier oben war - und machte neben Franz Meldung.

>>Herr Admiral. Wir Jungs der Schiffsleckage arbeiten auf Hochtouren. Einige Decks sind unter Kontrolle. Die Pumpen laufen! Doch wie Sie sehen, lassen die gefluteten Decks die Nase weit und tief eintauchen.<<

Lütchens gab die Meldung der englischen Peilung wortlos an Kommandant Lindemann weiter und man sah, besorgte Gedanken kamen in ihm auf. Sehr besorgte Gedanken sogar. Daraufhin wandte er sich wortlos ans Fenster, starrte in die Ferne und benötigte weitere Atemzüge...um dann feststellend zu sprechen.

>>Die halbe englische Flotte ist hinter uns her.<<

Er ging in sich. >>Es müssen zusammengerechnet, mit den Flottillen, den Zerstörern, den schweren Kreuzern und Schlachtschiffen 30 bis 40 Schiffe sein. Sie wissen in etwa, wo wir laufen. Und wir sind hart angeschlagen.<<

Er verstummte. Er ahnte das Schlimmste.

Woraufhin dann sein Blick hin zur Mikrofonanlage der Bordlautsprecher wanderte.

Sichtbar kämpfte er: was war zu tun?

Die anwesenden Offiziere und Kommandant Lindemann verharrten. Niemand von ihnen vermochte etwas zu sagen.

Dann beobachtete Franz etwas, was kein Seemann je erwartet hätte: denn schweren Herzens entschloss sich Lütchens langsam auf die Mikrofonanlage zuzugehen. Er nahm das Mikrofon und hielt inne: denn er versank nochmals in seine Entscheidung, eine Ansprache zu halten oder nicht.

Diesen Augenblick nahm er sich, um dann aber doch zu sprechen.

>>Achtung. Achtung. Eine Durchsage.<<

>>Hier spricht Flottenadmiral Lütchens.<<

Er suchte nach den richtigen Worten - und tat sich schwer.

>>Soldaten, vom Schlachtschiff Bismarck.<<

Er zögerte erneut. Doch er wusste, es musste gemeldet werden. >>Mittlerweile ist die halbe englische Flotte unterwegs, um uns zu stellen. Und zusätzlich kennt der Feind in etwa unsere Position.<<

Er hielt inne. >>Wir sind hart angeschlagen.<<

Er haderte. Um sich selbst aber dann doch zu erlösen.

>>Ab jetzt heißt es: siegen oder sterben.<<

Diese seine Worte, sie belasteten ihn schwer.

>>Ende der Durchsage.<<

In der Mannschaftskajüte wanderte Peters Blick unsicher von einem Kameraden zum anderen. Geschockt lagen sie in ihren Kojen: *was* hatten sie da gerade hören müssen?

Ein erster Matrose bekreuzigte sich. >>Oh, mein Gott. Lass uns leben.<< Moritz Schneckerl forderte. >>Hey. Wir sind auf der Bismarck. Wir *sind* Die Bismarck! Über 2200 Mann! Hast du das?<<

Einige Kameraden unterstrichen Schneckerls Wort. Gegenseitig machten sie sich Mut. Und doch waren Zweifel zu hören.

Ein zweiter Matrose brachte sich mit ein. >>Aber der Alte hat persönlich zu uns gesprochen. Es muss ernst sein.<<

Doch Schneckerl unterstrich nochmals seine Überzeugung. >>Hör zu, Milchgesicht. Schon vergessen, was wir mit der Hood gemacht haben?<<

Peter musterte Schneckerl - und bemerkte, Schneckerl selbst bangte. Doch der Bayer wollte es nicht zeigen.

Schneckerl setzte dem Gespräch ein Ende. >>Und jetzt will ich nichts mehr hören.<< Er wandte sich auf seiner Koje ab und drehte den Jungs den Rücken zu.

Auf der Dorsetshire wurde Amy auf Deck Zeuge einer Notfallübung. Die Matrosen eilten auf ihre Positionen und bemannten die Geschütze, wobei sie die Kanonen, Flaks und Luftabwehrlafetten direkt auch munitionierten. Da dies dem leitenden Offizier jedoch nicht schnell genug ging, ordnete er diese Übung ein zweites Mal an.

In einiger Entfernung beobachtete sie ebenso, wie gleich drei Matrosen eine 30mm Flugabwehr-Vierlingslafette munitionierten.

Auch hier ging es dem jungen Fähnrich nicht schnell genug und auch er wollte eine Wiederholung der Übung anordnen, doch kam der arbeitslose Anthony hinzu und konnte es sich nicht verkneifen, den Matrosen gegenüber einen Kommentar zu maulen. Der junge Fähnrich blickte: was sollte das?

Denn deutlich sah er an der Dienstkleidung von Anthony, dass dieser gar nicht von der Dorsetshire kam.

Anthony hingegen befahl ihn erst einmal in Grundstellung - und nörgelte rechthaberisch an diesem und jenen Fehler.

Währenddessen beobachtete ein junger Unteroffizier Amy, wie ihr Blick weiterhin Anthony abtastete.

Er war in Gedanken versunken, auf sie zuzugehen oder nicht. Er verweilte noch einen Augenblick, um dann aber doch diesen Schritt zu tun.

Langsam trat er auf sie zu.

>>So, so: Sie sind also die Pilotin von der Prince of Wales.<<

Amy blickte ihn an: was wollte er?

Er kam direkt zum Punkt. >>Doch: hören Sie auf damit.<<

Amy horchte: was war los?

Er wies auf sie. >>Ich kenn diesen Blick. Hören Sie auf damit.<<

Amy grübelte: was meinte er?

Er schaute stattdessen aufs Meer - und begann zu erklären.

>>Sein extravagantes und überflüssig befehlendes Auftreten gegenüber Mannschaftsgraden ist bekannt.<< Er sniefte.

>>Und glauben Sie mir: er ist nicht der einzige, der ´ne Militärakademie und ungezählte Lehrgänge in landesweiten Militärhäfen besucht hat.<< Der Unteroffizier zeigte nochmals auf sie.

>>Und diesen Blick, hab ich bei so einigen Marinematratzen gesehen.<<

Marinematratzen? Amy verstand es nicht.

Er sah es ihr an - und klärte sie auf.

>>Weibliches Büropersonal der Akademien und Militärhäfen.<< Standhaft blickte er. >>Glauben Sie mir: Sie sind nicht die erste.<<

Er machte Anstalten zu gehen. >>Außerdem hat er bereits ´ne peinliche Angelegenheit zu bewältigen.<<

Er ging einfach weg.

>>Und ist zudem in Swansea mit´ner Amerikanerin verheiratet.<<

Amy verschlug es den Atem.

Wortlos schlenderte der Unteroffizier davon.

Sie war fassungslos: *was* hatte sie da gerade hören müssen?

>>Hey. Warten Sie.<<

Gelangweilt tuend öffnete er die Panzertür zum Brückenturm: er musste Anthony Clarkson, aufgrund welcher Erfahrungen und Beobachtungen auch immer, wohl richtig hassen. Und wollte genau diesbezüglich, wenigstens einem weiteren jungen verletzen Herzen gegenüber, vielleicht einfach nur etwas Gutes tun.

>>Und all seine Urkunden und Ehrungen, die er über die Jahre so respektvoll errungen hat, um auf die Liste der Hood zu kommen...-...nun, als Sohn Wohlhabender, kann man die Gunst vieler Vorgesetzter gewinnen.<<

Er rieb den Daumen an den Zeigefinger.

Und verschwand.

- - -

Es war morgens um 10:30 Uhr, als ein Langstrecken-Luftaufklärer Catalina-Flugboot der Royal Air Force am 26. Mai Die Bismarck entdeckte. Unverzüglich gab der Pilot die genauen Daten an die Flotteneinheiten durch.

Im Funkraum der Prince of Wales fingen die Unteroffiziere den Funkspruch auf - und sogleich schwang sich der leitende 1. Offizier an den Bordfunk und informierte die Brücke.

Der Captain vernahm die Nachricht und eilte sofort zum Kartentisch. Die Offiziere ringsum kamen hinzu.
Rasch berechnete der Alte eine Entfernung hier und eine Entfernung dort - und stellte fest. >>Noch einige Stunden, dann reicht die Entfernung der Ark Royal! Dann können deren Torpedobomber raus.<<

Am frühen Abend war der Abstand des Flugzeugträgers Ark Royal tatsächlich in Reichweite der Bismarck, so dass über ein Dutzend Doppeldecker-Torpedobomber in Formation starteten.

Auf der Dorsetshire verließ ein Maat mit einer Meldung den Funkraum, woraufhin der Zufall entstand, dass er auf dem Gang Anthony kreuzte und dieser wiederum im Gesichtsausdruck des Maates etwas erkannte: irgendetwas musste geschehen sein.

In seiner unnachahmlichen Art forderte Anthony gleich los.

>>Was grinsen Sie so? Kamerad.<< Der Maat war voller Hoffnung. >>Die Bismarck ist gesichtet worden! 15 Svordfish der Ark Royal sind bereits in der Luft!<<

Doch Anthony hielt besserwissend dagegen. >>Wollen Sie mir weiß machen, dass veraltete Doppeldecker mit Stoffbezügen gegen das modernste Kriegsschiff der Welt ankämpfen sollen?<< Der Maat war voller Adrenalin:

>>Und unsere Dorsetshire ist mit am nahesten dran.<<

Anthony konnte es nicht fassen: wie konnte man nur solch eine Fehlentscheidung treffen.

Am Abend erkannten dann die Piloten in weiter Entfernung Die Bismarck auf See. Noch waren es gute 30 Kilometer. Doch der Anblick - selbst aus dieser Entfernung, dieser majestätisch erscheinenden Festung - raubte ihnen den Atem: wie konnte ein Schlachtschiff, selbst in dieser Ferne, so groß und mächtig erscheinen?

Augenblicke später besannen sie sich wieder ihrem Auftrag, woraufhin sie die Maschinen in einen Tiefflug drückten, um so gleichzeitig auszuschwärmen: um den Feind 3fach gestaffelt anzugreifen.

Auf der Bismarck waren die Engländer nicht unbemerkt geblieben: Alarm schrillte aus den Lautsprechern. Und ein jeder Matrose eilte so rasch er konnte mit seinen Kameraden zu seinem jeweiligen Gefechtsstand.

Wie Hornissen griffen die Engländer an.
Die Bismarck begann mit ihren Flugabwehrkanonen und Flaks aus allen Rohren zu feuern. Peter blickte in seinem 38cm Gefechtsturm durchs Okular. Schneckerl tat es durch den Gefechtsschlitz, wobei der Bayer etwas feststellte. >>Es ist sinnlos, mit fast einer Tonne auf Mücken zu schießen!<< Peter konnte nur bestätigen. >>Wir brauchen die Erlaubnis, vor ihnen ins Wasser zu feuern. Die Wasserfontänen werden sie mit ins Meer reißen.<<

Trotz eines unerbittlichen Gegenfeuers kämpften sich die Svordfish wagemutig an Die Bismarck heran. Der Himmel brannte. Überall detonierten die Granaten der Bismarck in der Luft. Einige Svordfish drehten frühzeitig ab. Andere nutzten weitere Sekunden, um sich noch flacher übers Wasser an den Feind heranzutasten.
Doch die Flugabwehrflakgeschütze der Bismarck:

	die 12 x 15cm	Doppelturmflaks
	die 16 x 10,5cm	Doppelturmflaks
	die 8 x 8,0cm	Doppellafetten
	die 16 x 3,7cm	Doppellafetten
	die 12 x 2,0cm	Einzellafetten
sowie	die 2 x 2,0cm	Vierlingslafetten

waren zu intensiv.
Zudem feuerte Die Bismarck dann auch tatsächlich mit ihren 38er Geschützen vor den Flugzeugen ins Wasser. So dass die Svordfish immer wieder den 50m hohen Wasserfontänen ausweichen mussten.

Die ersten Piloten klinkten ihre Torpedos aus - und drehten ab.
Daraufhin taten es ebenso auch die restlichen Piloten, denn
alles andere wäre Selbstmord gewesen.
Doch ein jeder der Torpedos knallte auf einen Wellenberg
und wurde dadurch in seiner Zielrichtung abgelenkt.
Allesamt waren sie Irrläufer - und so konnte Die Bismarck
gefahrlos den tödlichen Aalen ausweichen.

All dies beobachtete der Pilot Kenneth Pattison aus seiner
offenen Kanzel in der Luft, woraufhin er warnend zu seinem
Feuerleitoffizier zurück rief. >>Die ganze Seite der Bismarck ist
ein einziges Feuerwerk!<<
Ungezählte Granaten feuerten ihnen heißrot, gelb und weiß
glühend entgegen. Pattison rief. >>Weg mit dem Torpedo!<<
Doch sein Feuerleitoffizier entgegnete. >>Noch nicht!<<
Pattison rief zurück. >>Sie feuern die 38er ins Wasser!<<
>>Das ist tödlich!<<
Doch der Feuerleitoffizier entgegnete nochmals.
>>Noch nicht!<< >>Doch!<< >>Nein! Noch nicht!<<
Erst jetzt blickte Pattison zurück und sah, sein Feuerleit-
offizier hatte sich wagemutig mit dem Oberkörper aus der
Kanzel heraus gelehnt, nach unten, und beobachtete die Wellen!
>>Bist du verrückt?!<< >>J e t z t !!<< rief sein Kamerad.
Sofort klinkte Pattison den Torpedo aus!

Und nach 40m Fall tauchte der Torpedo sauber zwischen zwei Wellenberge ein, während Pattison direkt seine Maschine abdrehte. Sein Feuerleitoffizier war voller Hoffnung.
>>Wir haben einen Läufer!<<

Peter war aus seinem Geschützturm heraus Zeuge dieser unglaublichen Heldentat dieses einzelnen Svordfish geworden.
>>Was für ein Mut.<< hauchte er, wobei sein Blick die Blasenbahn verfolgte...um dann jedoch zu begreifen.
>>Das sieht nicht gut aus.<<

Auf der Brücke der Bismarck erkannte ebenfalls der 1. Offizier durch sein Fernglas das herannahende Unheil.
>>Torpedo Steuerbord! 2000 Meter!<<
Kommandant Lindemann befahl.
>>Ausweichmanöver! Backbord!<<
Schwerfällig begann Die Bismarck zu reagieren, während der Stab weiterhin gebannt die Laufbahn des Torpedos verfolgte.

Ebenso fieberte Peter im Geschützturm durch den Schlitz blickend mit. >>...komm! ...komm schon! ...dreh dich!<<

Die Chance betrug 1:100.000.
Alles sah danach aus, dass der Torpedo das 250m lange Schiff haarscharf nicht treffen würde:
doch der Torpedo traf auf die Ruderanlage und explodierte!

Selbst vorn auf Bug bemerkte Peter ein leichtes Rütteln im Gefechtsturm. >>Wir sind getroffen worden!<<

Sofort blickte er nochmals durch den Geschützschlitz und sah, alle feindlichen Flugzeuge hatten abgedreht, inklusive des letzten Svordfishes der den Torpedo abgeworfen hatte.

Der Bayer blickte zur Turmbesatzung.

>>Ihr habt das Rütteln bemerkt?<< Sie nickten verängstigt.

>>Jetzt kennt ihr die bayerische Urgewalt aus meinem Hintern.<<

Peter war nicht zum Scherzen aufgelegt und blickte Schneckerl fordernd an: dies war nicht der Zeitpunkt für dumme Sprüche.

Peter öffnete daraufhin die gepanzerte Turmtür. Schneckerl wollte ihn sogleich zurückhalten. >>Bist du verrückt?<<

Doch Peter verließ tatsächlich seine Kampfstation.

>>Die Tommys haben abgedreht.<<

Denn er hatte eine Befürchtung. Eine schlimme Befürchtung. Die ihn antrieb, direkt in Richtung Heck zu rennen:

ca. 200 Meter.

Hier und dort blickten Marinesoldaten an Deck von ihren Gefechtstürmen oder ihren Flaklafetten Peter hinterher.

Sie alle blieben auf ihre Gefechtspositionen: wo wollte er hin?

Achtern an Deck ankommend, sah Peter bereits aus einiger Entfernung: mehrere Marinesoldaten hatten sich über dem Ruder eingefunden und lehnten sich über die Reling.

Entsetzen stand in den Gesichtern der Soldaten, die nach unten geschaut hatten. Derweil rannte ein Obermaat los, Peter entgegen, hin in Richtung Brückenturm.

Endlich erreichte Peter die Reling und lehnte sich ebenfalls kopfüber. Und auch er traute seinen Augen nicht:

die 50 Tonnen Ruderanlage war getroffen worden!

Verschwitzt erreichte der Obermaat die Brücke der Bismarck und machte ein- und ausatmend Meldung.
>>Das Ruder ist zerstört! Bei ca. 15° Backbord!<<

Aus der Mitte der Brücke bestätigte der Rudergänger verzweifelt. >>Nach wie vor.<< Er wies auf seine Anzeigen.
>>Seit 21:15 Uhr exakt, kann ich es nicht mehr bewegen!<<

Flottenadmiral Lütchens, Kommandant Lindemann und die restlichen Offiziere eilten von der Brücke.
Sie mussten es selbst sehen.

Am späten Abend kamen zwei Taucher unterm Heck der Bismarck vom Ruder aus aufgetaucht. Der eine von ihnen nahm seine Tauchermaske ab und rief. >>Alles zerstört.<< Kommandant Lindemann drückte sich von der Reling ab und wandte sich an die Mannschaft der Instandsetzung.

>>Männer. Tut euer Bestes!<<

Die Soldaten der Instandsetzung nickten. Sie wussten, wenn überhaupt, dann lag es nun an ihnen. Und inmitten ihrer hier auf Heck überall bereits angehäuften Schweißapparate, Werkzeuge, Flaschenzüge, etc., begannen sie sofort sich in einer Traube über erste mögliche Arbeitsschritte zu beratschlagen.

Zeitgleich kam ein Matrose aus einer Heckklappe aus dem Innern hervor und sprach gleich los. >>Herr Kommandant. Ein einziges Chaos aus Schrott da unten.<<

Fassungslos starrte Franz in der Funkleitzentrale vor sich hin:
- Die Bismarck war unverwundbar.
- Damit war er aufgewachsen.
Dann begann er leise zu murmeln. >>Das größte und mächtigste Kriegsschlachtschiff der Welt. Getroffen von einem veralteten Doppeldecker.<<
Ein Kamerad ergänzte. >>Mit Leinenbezügen.<<
Peter stand wortlos in der geöffneten Tür.
Ein zweiter der Funkkameraden schaute zu Peter.
>>Wie jetzt? Fahren wir jetzt nur noch im Kreis?<<
Schneckerl war auch vor Ort und mittlerweile geschockt.
>>An der verwundbarsten Stelle.<<
Franz fügte hinzu. >>Der Achillessehne.<<
Peter blickte zum zweiten Funkkameraden von Franz und gab Antwort. >>Das Gegenmanövrieren mit den Schrauben funktioniert nicht. Sie haben´s probiert.<< Den Jungs lief ein kalter Schauer über den Rücken. Sie konnten es nicht glauben.
Daraufhin hörten sie Fußtritte und gleich darauf erschien der 2. Offizier der Brücke in der Tür.
Die Jungs gingen in Grundstellung.
Der 2. Offizier blickte durch die Runde und wandte sich an Franz. >>Funkunteroffizier Hinrichsen.<<
Der 2. Offizier blickte auf seine Uhr. >>Die Zeit, 21:40 Uhr.<<
Er entfaltete einen Dienstzettel und blickte nochmals zu Franz.
>>Funkspruch an das Oberkommando der Kriegsmarine und Gruppe West:<< Dann las er vor:
>>An das Oberkommando der Kriegsmarine und Gruppe West: Bismarck in Ruderanlage von Torpedo getroffen. Ruderanlage zerstört. Keine Chance den gesicherten Luftraum von Frankreich zu erreichen. Wir kämpfen bis zur letzten Granate.
Es lebe der Führer. Flottenadmiral Lütchens.<<

Ungläubige Blicke der Jungs trafen ihn.

Doch keiner der Jungs wagte es, etwas zu sagen oder zu fragen.

Der Brückenoffizier bemerkte es und übergab wortlos den Dienstzettel. Wobei sein strammer Gesichtszug deutlich unterstrich, dass er eh nicht auf eine Frage der Jungs eingegangen wäre.

Stattdessen versteckte er sich hinter Dienstvorschriften.

>>Geschützunteroffizier Peter Hinrichsen. Sie und Ihr bayerischer Schießkollege haben hier oben im vorderen Aufbaudeck des Brückenturms nichts zu suchen.<<

Er machte Anstalten zu gehen. >>Wenn ich in fünf Minuten nochmals komme, will ich Sie hier nicht mehr sehen.<<

Er drehte sich ab und verschwand.

Franz blickte auf den Funkspruch. >>Er darf nicht kapitulieren.<<

Der zweite Funkkamerad drückte die Augenbrauen. >>Ach. Und deswegen sollen wir sterben?<< Franz entgegnete.

>>Wir sterben nicht. Wir haben Die Hood vernichtet.<<

Schneckerl unterstrich. >>Genau.<<

Doch der zweite Funkkamerad ignorierte die Tatsachen nicht.

>>Aber du siehst doch, dass wir nicht unverwundbar sind.<<

Peter unterbrach. >>Ich bitte euch: hört auf damit.<<

Franz maulte. >>Und ich will davon nichts mehr hören.<<

Er wandte sich ab zu seinem Funkapparat,

um in sich gekehrt und pflichtbewusst die Meldung abzugeben.

In der Nacht blickte von der Brücke der Dorsetshire, einer der Nachtoffiziere steuerbords durchs Fenster. In Sichtweite befanden sich mit voller Fahrt zwei Schlachtschiffe. Sie fuhren im Verband. >>Erhaben, wie die King George und Rodney durchs Wasser pflügen.<< sprach er. Und blickte daraufhin backbords. >>Und die Norfolk.<<

Der Rudergänger wusste zu ergänzen. >>Alle anderen sind zu weit entfernt.<< Der Nachtoffizier nickte und war dennoch guter Dinge. >>Aber mit vollen Kesseln unterwegs.<<

Er schaute nach vorn und dachte an die beschädigte Bismarck. >>Inklusive unserer Dorsetshire, wird sie, so wie sie angeschlagen ist, uns vier nicht mehr entkommen.<<

Nun nickte der Rudergänger, sein Wachoffizier hatte Recht.

Ebenfalls war auch Anthony in dieser Nacht rastlos.

Er bewegte sich auf den Flurgängen der Dorsetshire in Richtung Amys Kajüte. Wieder einmal.

Doch dieses Mal war es nicht der von ihm immer genutzte entschlossene militärische Schritt - sondern er schlich.

Angespannt und in tiefen Gedanken versunken blieb er dann vor der Tür stehen - und wollte klopfen.

Doch er verkrampfte. Er klopfte nicht. Es klappte nicht.

Amy konnte ebenso nicht schlafen und starrte im Dunkeln ihrer Kajüte ins Nichts an die Decke. Sie war in Gedanken weit weg: bei Peter. Während sie sein gesticktes Emblem in ihrer Hand hielt.

Irgendetwas aber schien zu sein: sie blickte zur Tür.

Anthony stand noch immer vor der Tür und kämpfte weiterhin damit, an der Tür zu klopfen oder gar die Türklinke zu ergreifen. Doch dann bemerkte er das unkontrollierte Zittern seiner Hand direkt vor der Türklinke - woraufhin er nach einer Sekunde davon abließ: es ging einfach nicht. Er schaffte es nicht. Daraufhin wandte er sich gemartert ab und ging.

In dieser Nacht lagen ebenso die Jungs der Bismarck in ihren Kojen. Und Peter betete. Ganz leise. Nur für sich. Und dann...er haderte: dann auch für Franz. Und für seine verstorbene Amy.

Er blickte auf das Medaillon, mit der Photographie von ihr. Es war unter der Matratze seines Kameraden über ihn geklemmt. Er erinnerte sich: er stand nachts auf See auf Deck des deutschen Frachters, der ihn und Franz bei Kriegsausbruch zurück ins Reich fuhr. Er beobachtete enttäuscht und in Gedanken an Amy die Sterne, während seine Hand überraschend in seiner Jacke das Medaillon fand. Amy hatte es ihm nach ihrer gemeinsamen Nacht heimlich in die Jacke gesteckt. All diese Erinnerungen kamen wieder auf. Und sie schmerzten.

Eine Lautsprecherdurchsage des Flottenadmirals Lütchens unterbrach. >>Achtung. Achtung.

Eine Durchsage. An die Mannschaft der Bismarck:

Unser Ruder ist vom Torpedo bei der Lage von 15° Backbord getroffen worden. - Die Bismarck ist manövrierunfähig. Alle erdenklichen Reparaturmaßnahmen laufen auf Hochtouren. Doch deutet alles darauf hin, dass mit bordeigenen Mitteln der Schaden auf See nicht reparabel ist.<<

Ein Kamerad fieberte. >>Morgen ist Schluss. Morgen sind wir tot.<< >>Halt deinen Mund!<< fauchte Franz. Die Lautsprecherdurchsage fuhr fort. >>Was auch immer noch unternommen werden kann, wird getan. Der Führer selbst hat sich in einem Telegramm gemeldet: das ganze Reich ist mit uns! Ende der Durchsage.<<

- - -

Am 27. Mai 1941 vernahm Pam morgens um 08.43 Uhr an Land in der Funkleitzentrale der Air Force über Funk, dass die beiden Schlachtschiffe King George und Rodney, mit den Schweren Kreuzern Norfolk und Dorsetshire sich um Die Bismarck in Position gebracht hatten - und das Feuer eröffneten.

- - -

Auf See wehrte sich Die Bismarck mit allen erdenklichen Kalibern. Doch musste sie, anders als die Engländer, sich gleichzeitig auf vier verschiedene Ziele einschießen.

Die Bismarck war eine einzige Zielscheibe.
Ungezählte Granaten wurden auf das Schlachtschiff abgefeuert. Die schweren Granaten durchschlugen gar den gepanzerten Bauch.
Erster Wassereinbruch wurde gemeldet.
Und totale Zerstörungen an Deck.

Ein schweres Geschoss durchschlug den Bug und explodierte im Innern, im Nachbarraum des Munitionsförderbandraumes unterhalb des Gefechtsturmes von Peter: es knallte und rüttelte gewaltig.
Eine Druckwelle erfasste sie – hinaufkommend aus dem Munitionsförderbandraum – und die Jungs mussten sich festhalten um nicht zu stürzen.
Ein Kamerad wollte schreiend den Gefechtsturm verlassen, doch Peter ergriff ihn. >>Neeeiiin! Draußen ist die Hölle!<<
Auch Schneckerl ergriff den Kameraden und gab ihm eine Backpfeife: er sollte zur Vernunft kommen.

Aus dem unteren Bereich des Munitionsförderbandraumes ertönte die Stimme eines blutenden Kameraden. Er rief verzweifelt hinauf. >> Gott, wir haben´s überlebt! - Das war´s! Wir können keine Geschosse mehr hochfahren! Nebenan ist alles zerstört!<<
Schneckerl glaubte es nicht. >>Wie bitte?<<
Peter warnte, denn es hätte schlimmer kommen können.
>>Die Granate hätte auch die Munitionskammer treffen können. Denk an die Hood.<<

In der Funkleitzentrale des vorderen Aufbaudecks des Brücken-turmes saß Franz mit seinen Kameraden im gepanzerten Raum. Auch sie vernahmen die Einschläge. Wobei zusätzlich immer wieder ihre Geräte ausgingen: kein Strom!

Franz erhob sich - und sprintete über die Flure und Treppen hinunter…bis in den Bauch des Schlachtschiffes.
Immer tiefer. Immer tiefer.
Endlich erreichte er einen bestimmten Raum und öffnete schwer die gepanzerte Tür: es war einer der auf der Bismarck befindlichen Elektrik-Räume.
Franz rief. >>Wir haben keinen Strom!<<
Die beiden Marinesoldaten im Raum eilten vor einer großen Elektronikwand auf und ab…und kamen nicht damit hinterher, stetig durchgebrannte Sicherungen herauszudrehen, um sie mit neuen Sicherungen zu ersetzen.
>>Wir tun was wir können!<< entgegnete einer der beiden.
Übers Sprachrohr ertönte eine verzweifelte Stimme in den Raum. >>Kein Strom auf Brücke! - **Kein Strom auf Brücke!**<<
Der zweite der beiden sprach ohne zurückzublicken.
>>Franz! Wir tun was mir können!<< Franz sah, sie taten wirklich was sie konnten. Ein dritter Kamerad kam mit einer Kiste Sicherungen angerannt. >>Franz, lass mich rein!<<
Franz hielt ihm die Tür auf, verschloss sie daraufhin und eilte den Gang zurück. Doch detonierte es urplötzlich hinter ihm. Die Wucht der Detonation schleuderte Franz zu Boden. Und erst nach Sekunden konnte er sich geschockt und zitternd wieder erheben: er hatte es überlebt.

Mit wackeligen Schritten kehrte er zurück zum Elektrik-Raum: doch den Raum gab es nicht mehr.

Eine zweite schwere Granate detonierte 30m weiter am Ende des Ganges. Und nochmals wurde Franz durch die Luft ge-wirbelt.

Weitere harte Treffer hämmerten auf die Bismarck ein.
- ein Geschoss zerstörte auf dem Brückenturm die Zielsuch-
  anlage.
- und im Gefechtsleitstand fielen Geräte aus.

Gleich darauf schrillte auf der Brücke das Bordtelefon.
Der 1. Offizier eilte zum Telefon und horchte hinein, während
auf der anderen Seite rufend eine Meldung abgegeben wurde.
>>Zieleinrichtung! - Ausgefallen!<<

In Peters Gefechtsturm stieg Rauch aus dem unteren Munitions-
förderbandraum in den Gefechtssturm hinauf, während die
jungen Männer zeitgleich bemerkten: irgendwie schien es,
als würde das Schiff eine Neigung bekommen.
Kurz darauf hielt sich Schneckerl im Turm fest, wobei es
ihm anzusehen war, wie sehr sein Gesichtsausdruck von
Augenblick zu Augenblick mehr verfiel, inmitten der rüttelnden
Detonationen. Dann wanderte sein Blick gebrochen hin zum
stolzen Zeitungsbericht: erhaben lief Die Bismarck in Hamburg aus dem Hafen, während seine verschmutzten Finger
zitternd über die Photographie glitten.
Winzig klein standen sie da. In Reih und Glied. Vorn auf Bug.
In Formation. In Weiß gekleidet. Stolz.
Doch nun wurde alles zerstört.
Weiterhin knallte es ununterbrochen dumpf und laut, hier
und dort. Und immer wieder zitterten die Wände:
allesamt Treffer der Engländer.

Über Kopfhörer erhielten Peter und einige seiner Kameraden dann eine entscheidende Nachricht: und die Jungs waren darüber geschockt. Wortlos blickten sie sich an, woraufhin sich Peter an die wandte, ohne Kopfhörer.

>>Für alle, die´s nicht gehört haben: das Schiff ist blind!<<
>>Wir sind blind. Keine Zielerfassung mehr!<< Er verwies mit dem Zeigefinger auf seinen Kopfhörer. Dann hörte er draußen Stimmen. Sofort blickte er durch den Gefechtsschlitz: Kameraden liefen übers Deck. Draußen herrschte Chaos!

Laut wandte er sich nochmals an seine Kameraden und gab Befehl, so dass auch die Matrosen - im Deck unter ihnen am Geschossförderband - es hören konnten. >>Kameraden! Das war´s! Bringt euch in Sicherheit!<<

Er wusste, er war weiterhin für seine Männer zuständig und blickte im Turm durch die Runde. >>Ihr werdet, sobald ihr den Turm verlassen habt, zur abgewandten Seite ins Wasser in ein Schlauchboot steigen!<< Schneckerl traute seinen Ohren nicht. >>Du willst kapitulieren?<<

Peter entgegnete. >>Du willst sterben?<< Er wies nochmals auf seinen und Schneckerls Funkkopfhörer. >>Es ist vorbei! Es gibt keine Befehle mehr!<< Er tippte mit dem Finger auf den Kopfhörer. >>Die, wollen sterben. Für ihre Überzeugung. Ich aber...<< >>Du bist ein Feigling!<< unterbrach Schneckerl.

>>...will leben! - Das hat nichts mit feige zu tun!<<

Er ging auf ihn ein. >>Hör zu: wir sind blind! Außerdem könnten wir nicht mal mehr zurückschießen! Auch Turm Bruno schweigt! Hör doch: vereinzelt feuern nur noch 15er und 10,5er. Die kratzen grade mal den Lack von den englischen Pötten! - Es ist aus!<<

Schneckerl zürnte. >>Du hast es nicht zu befehlen!<<

Peter ging nicht drauf ein. >>Raus mit euch!<<

Schneckerl trotzte. >>Ich bleib hier!<<

>>Du wirst sterben!<< >>Aber ehrenvoll!<<

Ein Direkttreffer auf ihren Turm wirbelte die Jungs durch den Raum. Es war ein riesiger Knall! Geschockt verspürten sie unglaubliche Schmerzen in den Ohren. Und unglaublich: die Panzerung hatte gehalten! Peter schrie. >>Glück gehabt! Das war ´ne 10,5er!<<

Verzerrt meldete sich plötzlich eine Stimme über Bordlautsprecher. >>M...nnschaft der Bis...arck. Der Kam...f is... ...u E...de. - Der Feind aber wird kei... Ges...henk erhalten. Die Selbstverse...kung wird eing...leitet. Alle Mann v...n Bord!<<
Peter rief. >>Raus jetzt!<<

Da Die Bismarck nicht mehr aus ihren 38er Kanonen schoss, waren die Engländer mittlerweile bis auf wenige Kilometer an den Feind heran gefahren.

An Deck der Dorsetshire beobachtete Anthony das Feuergefecht:
- er war stinksauer!
- er wollte kämpfen!
- denn es galt, Peter zu vernichten.

Er setzte sein Fernglas an - und erkannte Matrosen, die über das Deck der hart angeschlagenen Bismarck rannten.
Einzelne 15er und 10,5er der Bismarck feuerten aber noch, wobei eines dieser Flakgeschosse auf der Dorsetshire neben der Mannschaft der Vierlingslafette des Fähnrichs einschlug. Splitter flogen umher und die Männer schrien verwundet auf. Anthony beobachtete dies. Setzte jedoch sein Fernglas wieder an, um erneut zur Bismarck zu blicken: und deutlich aber winzig klein erkannte er, wie dort plötzlich aus dem Turm Anton Matrosen hervorkamen.

In der Tat waren es die jungen Männer aus Peters Gruppe, die aus dem Turm eilten. Peter war als erster an Deck stehengeblieben und stand seinen Mann: er beorderte jeden einzelnen Kameraden aus dem Turm heraus und wies ihm die Richtung - da entlang.
Zwischenzeitlich bemerkte Peter noch deutlicher, das Schiff hatte wirklich eine Neigung bekommen.
Die Kameraden waren geschockt: überall waren Granattreffer zu sehen. Das ganze Deck war zersplittert und zerklüftet, während sie durch gefallene Kameraden davon eilten.

Vom Jähzorn gepeitscht eilte Anthony auf der Dorsetshire zur Vierlingslafette und stieß den einfachen Matrosen hinter der Vierlingslafette zur Seite. Wobei er es unterließ, sich um den verletzten Fähnrich und dessen Kameraden zu kümmern.

Auf der Bismarck sauste heulend surrend ein schweres Geschoss über die Köpfe von Peter und seinen Männern hinweg und detonierte gewaltig hinter ihnen im Wasser.
>>Los! Verschwindet!<< Befahl er den drei vor Schreck am Ausgang des Turms stehengebliebenen Kameraden, woraufhin die Matrosen hinter den Geschützturm eilten.
Schneckerl drückte innerhalb des Turms den letzten Kameraden hinaus. Der blieb draußen stehen und wartete auf den Bayer - und dann trat auch Schneckerl voller Enttäuschung aus dem Turm auf Peter zu.

An Deck der Dorsetshire erkannte Anthony an der Vierlingslafette durch sein Fernrohr blickend erneut die Soldaten vorm Turm Anton. Sie waren winzig klein.
Und dann - einem Elektrostoß gleich - schien der eine von ihnen Peter zu sein! >>Ich bring dich um!<< fauchte er. Und feuerte voller Hass schreiend aus allen Rohren der Vierlingslafette. Immer wieder. Immer wieder. Und immer wieder.

Abseits erreichte Amy in einer Panzertür das Deck und blickte verwirrt zum schreienden Anthony. Doch sie konnte sein Tun nicht einordnen. Bis auf, dass er sich wohl wieder in den Vordergrund brachte.

Auf der Bismarck kamen einige Matrosen zu Peter und Schneckerl zurückgerannt. >>Die Schlauchboote sind voll!<< riefen sie.

Doch zersplitterten in dieser Sekunde wie in einem Inferno um sie herum ungezählte Geschosse. Die Jungs rannten um ihr Leben, wie Ameisen hin und her und auseinander.

Peter raste mit Schneckerl in Richtung vorderes Aufbaudeck des Brückenturmes, in Richtung Franz, während um sie herum einige Kameraden tödlich getroffen wurden. Und inmitten weiterer zersplitternder Geschosse, schafften es Peter und der Bayer in letzter Sekunde, sich in die Tür des Brückenturmes zu hechten.

Doch drangen Geschosssplitter ins Bein des Bayern.

Jaulend schrie er auf. >>Splitter im Bein!<<

Peter ergriff seinen Kameraden und zog ihn in das vordere Aufbaudeck des Brückenturmes. Glücklicherweise stellte er sogleich fest, es waren nur Fleischwunden.

Doch der Bayer hatte große Schmerzen und war völlig perplex.

>>Verdammt! Was war das?<<

Peter war ebenso geschockt:

- sie lebten!

- sie hatten diesen Kugelhagel überlebt.

- nur das zählte.

Schneckerl forderte. >>Hoch mit mir! Wir holen Franz gemeinsam!<< Peter zog ihn hoch und stützte ihn, während sich beide daran machten das vordere Aufbaudeck des Brückenturmes hinaufzueilen.

Hasserfüllt starrte Anthony an Deck der Dorsetshire zur Bismarck. Und er war sich sicher:
diesen Kugelhagel konnte keiner da hinten überlebt haben.

Die verletzten Marinesoldaten ringsum blickten wortlos:
- warum schoss dieser fremde Unteroffizier nicht weiter?
- denn das Gefecht auf See ging weiter.

Vor sich hinstarrend und im Bann gezogen erhob sich Anthony.
- versunken in einer anderen Welt: seiner Welt.
- sein Kampf war zu Ende.
- ein großes Kapitel seines Lebens war abgeschlossen.

Und so schritt er mit großen, apathisch blickenden Augen wortlos an die Matrosen vorbei - und ging.

Verwirrt beobachteten die Marinesoldaten das Verhalten dieses Unteroffiziers und schauten ihm nach. Bis sie sich dann selbst der Realität wieder bewusst wurden, sich erhoben und unverzüglich die Vierlingslafette erneut bemannten.

- - -

Amy befand sich weiterhin in der geöffneten Panzertür...
...und mit dem Blick hin zu Anthonys toten Augen - der verhasst nochmals zur Bismarck blickte - begriff sie erst jetzt, was geschehen sein musste:
- dass sie zu spät alles beobachtet hatte.
- sie wäre sofort auf Anthony zugestürmt, um es zu verhindern.
- sie war geschockt.

Weiterhin sprinteten Peter und Schneckerl auf der Bismarck durch den Treppengang das gepanzerte vordere Aufbaudeck des Brückenturms hinauf.

Überall entdeckten sie große Granattrichter, mit Blick durch die Panzerung hinaus aufs Meer. Teils mussten sie sogar klettern, um weiterzukommen.

Dann kamen ihnen drei Matrosen die Treppe hinab entgegen. Sie hatten blutende Münder und in ihren Händen hielten sie je eine Flasche Schnaps. Die Hälse der Flaschen waren abgebrochen und blutverschmiert. Sie hatten in Panik die Hälse der Flaschen direkt angesetzt um zu trinken. Um das Elend, das Chaos, die Panik irgendwie verarbeiten zu können.

Die Matrosen waren alkoholisiert. Und teilnahmslos blieben sie vor Peter und dem Bayer stehen. Peter drängte nur das eine.

>>Ist Franz Hinrichsen noch oben in der Funkleitzentrale?<<

Eine Granate traf das Aufbaudeck. Es knallte und rüttelte gewaltig. Die jungen Männer hielten sich fest, während in diesem Augenblick erneut eine Durchsage des Bordlautsprechers erklang. >>M...nner der Bis...arck. Die Selbstversenk...<< Ein Knall unterbrach die Durchsage und aus dem Bordlautsprecher kam nur noch Rauschen.

Geschockt standen sich die jungen Männer gegenüber, bis dann die drei Matrosen ohne ein Wort einfach weitergingen:

- teilnahmslos blickend und ganz langsam.

- es war vorbei.

- auch mit ihnen.

Schneckerl blickte nochmals auf deren zerschnittene Münder.

>>Wie verzweifelt muss ich sein?<<

Peter nickte. >>Wer weiß, was sie erlebt haben.<<

Sofort darauf eilten sie weiter.

Endlich erreichten sie den Funkleitstand: doch der war zerstört!
Inmitten des Chaos fanden sie einen der Funkkameraden,
noch lebte er.
Sofort kam Peter auf ihn zu und kniete nieder um zu helfen.
Doch er sah, es war zu spät.
Auch Schneckerl kniete sich zu dem Kameraden.
Peter besann sich auf's wesentliche, denn die Zeit drängte.
>>Kamerad. - Wo ist Franz?<<
Der verletzte Kamerad konnte nur noch murmeln, denn sein
Gesicht war schwer verletzt.
Peter kam ihm ganz nahe um zu horchen.
Der verletzte Kamerad mühte sich. >>...k-kein. ...k-kein Strom.
Er...e-er is-st runter. ...t-tief un-unten. ...wo´s s-sicher i-ist.
...z-zum Ele-ktro...-tronik-Raum.<<

Verloren blickte der Kamerad in Peters Augen, denn weiter
konnte er nicht sprechen.
Woraufhin er in Peters Armen verstarb.

Auf der Brücke der Dorsetshire bemerkte der Captain, dass der Feind so derart zerschossen war, dass er sich seit einem längeren Augenblick nicht mehr wehrte.

Gleich darauf gab er Befehl. >>Feuer einstellen.<<

Sofort wurde sein Befehl vom 1. Offizier durch den Bordfunk an alle Stationen weitergeleitet. Der Captain nahm sein Fernglas und blickte zur Bismarck: deutlich konnte er auf dem zusammengeschossenen Schiff einzelne Brandherde ausmachen - und unvorstellbare Verwüstungen. Und dann war er sich sicher. >>Die Bismarck hat das Feuer eingestellt.<<

In der Funkleitzentrale der Royal Air Force verfolgte Pam erschrocken die Funksprüche zwischen der King George, der Rodney und der Norfolk. Und sie erfuhr, dass die King George, Rodney und Norfolk gegenseitig meldeten, dass sie beinahe keine Munition mehr hatten. Ihre Angst vergrößerte sich: Die Bismarck musste ein einziges Wrack sein.

Das Gemüt des Captain auf der Dorsetshire strauchelte.
Mitleid kam auf: Ja, Die Bismarck war ihr Feind. Doch sie hatte keine Chance. >>Was für ein Gemetzel.<< sprach er, in sich gekehrt.
Der 1. Offizier beendete eine Auflistung auf einem Blatt Papier und ergänzte. >>Den Munitionslagern der anderen berechnend, müssten allein von den schweren Geschossen um die 700 Schuss abgegeben worden sein. Die mittleren Geschütze mitgerechnet: an die 2000.<<

Der Captain fand sich zurück zu seinem Auftrag.
>>Aber sie schwimmt noch. <<
Er befahl. >>Torpedos: Feuer frei.<<
Gleich drei Torpedos wurden einen Augenblick später unter Pressluft von Bord der Dorsetshire abgefeuert.

Im Bauch der Bismarck eilten und kletterten Peter und der Bayer durch die zerstörten Gänge immer tiefer ins Innere des Schiffes, während die Schlagseite mittlerweile noch mehr spürbar wurde. >>Sie haben aufgehört. Sie feuern nicht mehr.<< stellte Schneckerl fest.

Die Jungs traten eine weitere Treppe hinab - und standen plötzlich mit den Füßen im Wasser. Schneckerl blickte zu Peter. >>Sind das die geöffneten Bodenventile?<< Peter erklärte. >>Wir müssen uns beeilen, bevor die Zeitzünder die Sprengladungen zünden.<<

Entschlossen eilten sie weiter schräg hinab durch den Gang, während Peter nach seinem Bruder rief. >>Fraaanz!<<

Weitere 50m später viel ihnen auf, dass das Wasser ihnen unbemerkt schon bis zum Bauchnabel reichte, während sie sich mit den Händen an den Wänden hielten.

Und dann, einen Gang weiter, entdecken sie ihn im Wasser: er war eingeklemmt!

Unverzüglich eilten sie auf ihn zu - und begannen sofort damit, mit stemmender Kraft die Wrackteile von seinem Körper zu heben. Denn das Wasser reichte ihm bereits bis zum Kinn.

Verletzt nahm Peter seinen Bruder in die Arme, um gleich darauf zu sprechen. >>Raus jetzt!<<

Doch plötzliche schwere Detonationen erschütterten den Bereich des Schiffsbauches in welchem sie sich befanden. Die drei wurden durch die Luft gewirbelt.

Nach Sekunden erst konnte sich Peter zu Franz mühen.
Beide hatten es überlebt. Franz aber, war noch mehr verletzt.
>>...i-ch hab´s hier unten auch mitge-gekriegt...alle M-Mann
von B-Bord.<< sprach er. Und es war für ihn unfassbar.
>>...d-das w-waren sie: ...die S-Sprengladungen. Oder?<<
Peter wusste es nicht. Er hatte nur ein Ziel vor Augen.
>>Wir müssen raus. - Schneckerl? - Wo bist du?<<
Franz entdeckte ihn. >>...d-da, d-drüben.<<

Nun war es der Bayer, der schwerstverletzt und eingeklemmt
unter Schrott lag. Zusätzlich hatte sich ein Eisenträger durch
seinen Bauch gebohrt.
Zitternd stieg ihm das Wasser bis zum Hals.

Sofort versuchte Peter den Freund zu retten. Allein und verzweifelt, denn Franz konnte nicht einmal mehr stehen. Doch
die Schrottteile waren zu groß. Über Lautsprecher wurde dann
plötzlich rauschend ein Lied eingespielt:

- Ich warte auf dich, denn du bist mein Glück -

(Text)
...komm zurück.
...ich warte auf dich.
...denn du bist für mich.
...all mein Glück.

Schneckerl stotterte. >>...i-en, ien Boayern hoam´st g´soagt:
...ieh, ieh wwerd nnoch oar riechtiger Preuss.<<
Er begann zu röcheln, wobei Blut aus seinem Mund quoll.
>>...oall, oall moein Glück. ...dua biest oall moein Glück.
...hoatt die Mama iemmer gsoagt.<< Seine Augen fielen zu -
und doch konnte er sie noch einmal öffnen.
>>...soagts ihr nätt, wie... ...wie ieh oa storben bi.<<

Dann überkamen ihn unglaubliche Schmerzen und zitternd
und weinend stimmte er lautlos den rauschenden Refrain des
Liedes mit. >>...komm zurück. ...ich warte auf dich. ...denn
du bist für mich. ...all mein Glück.<<

Das Schiff neigte sich weiter und die Schrottteile begannen
zu rutschen. Peter und Franz konnten sie nicht zurückhalten,
woraufhin der Bayer unter den Schrottteilen mit ihnen ins
Wasser rutschte.
Er ertrank, während seine Augen starr hin zu Peter blickten.

Auf Deck angekommen, war es für Peter und Franz sichtbar: die Verwüstungen waren immens.
Überall Brände. Überall Zerstörungen. Und überall Matrosen, die sich retten wollten. Das Schiff hatte mittlerweile noch mehr Schlagseite bekommen.
Peter trug Franz auf seine Arme durchs feuernde Inferno und sah, dass auf der Rückseite der Bismarck ebenso Matrosen versuchten ein Schlauchboot zu wassern. Doch sie waren viel zu viele - und so versank das Schlauchboot mit den Männern, die dann im eisigen Wasser schwimmen mussten.

Dann fiel Peter auf: dass beinahe jedes Geschütz, der ganze Brückenturm und ebenfalls das ganze Deck mit unzähligen großen und kleinen Geschosstreffern übersät war.
Gebannt blickte er daraufhin zu den feindlichen Schiffen: sie hatten das Feuer eingestellt.

Weiter ab - vorn auf Bug - erkannten Peter und Franz zwei Männer: es waren Kommandant Lindemann und sein Läufer.

Apathisch kletterte Lindemann über den Wellenschutz und ging weiter nach vorn. Bis zur Spitze. Bis zur Hakenkreuzfahne.
Sein Läufer folgte ihm treu ergeben.
Lindemann blickte seinen Läufer an - und beide setzten an, zum letzten militärischen Gruß.
Lindemanns Gesten zeigten, sein Läufer möge nun gehen.
Doch der wollte, dass Lindemann mitkommt.
Lindemann unterstrich nochmals, doch nun mit energischem Handzeichen: der andere Offizier sollte verschwinden. Allein.
Erst daraufhin drehte sich dieser schwerfällig ab - und ging.

Peter und Franz beobachteten diese große Szene:
Lindemann blieb vorn allein und wartete auf sein Schicksal.
Er wollte ehrenhaft sterben.

Plötzlich begann das Schlachtschiff langsam zu kentern!
Backbords. Urgewaltig. Brachial.
Peter und Franz stürzten und rutschen auf die Reling zu.

Lindemann kletterte vorn auf Bug gewagt über die Reling,
um sich - auf die jetzt nach oben hin kommende Bordwand -
zu stellen.

Doch Peter und Franz konnten sich nirgends halten und
glitten ab in den Atlantik.
Sofort erschraken beide über die eisige Temperatur und rangen
nach Atem. Doch Peter behielt klaren Kopf und forderte.
>>Los! Weg vom Schiff! Weg vom Sog!<<

Franz hatte größte Probleme, aufgrund seiner Verletzungen,
im vom Öl verseuchten Atlantikwasser zu schwimmen.
>>I-ch kann nicht!<< Doch Peter ergriff seinen Bruder.
>>Du musst!<<
Mühsam vergrößerten beide den Abstand zur Bismarck,
während Peter mit Franz so gut er konnte auf ein Wrackteil
zu schwamm.
Schwerfällige Schwimmzüge später, half es, Franz endlich
übers Wasser zu halten.

Und dann ging mit einem gewaltigen Brausen Die Bismarck unter.

Während vorn auf der Spitze - auf der Bordwand - weiterhin Lindemann stand, um gemeinsam mit seinem Schlachtschiff der Bismarck mit wehender Hakenkreuzflagge zu versinken.

Überall knirschte und knatschte es urgewaltig laut, aufgrund der irrsinnigen Spannungen des brechenden, reißenden Metalls. Und unglaublich, nochmals setzte Lindemann zum letzten militärischen Gruß an: treu bis in den Tod.

Schon über die Hälfte des Schlachtschiffes war versunken, als dann die Aufbauten, das vordere Aufbaudeck des Brückenturmes und der Brückenturm selbst im Wasser eintauchten und verschwanden.

Riesige Luftmassen quollen rauschend hervor: sie bäumten sich vier, fünf Meter hoch auf.

Es war ohrenbetäubend...
...bis dann nach einigen Augenblicken Die Bismarck ganz verschwunden war. Jedoch quollen die Luftmassen noch Sekundenlang mit den verschiedensten Wrackteilen weiter empor, um dann jedoch immer mehr und immer weiter abzuebben.

Dann war alles plötzlich still.
Es war totenstill.

Bis auf die jammernden, frierenden Kameraden im Wasser.

Auf den englischen Schiffen war dieses unglaubliche Spektakel gebannt verfolgt worden. Einer der Kapitäne setzte sein Fernglas ab und gab zu verstehen. >>Erster Offizier. Notieren Sie: Position: 48° 09´58" Nord, 16° 12´00" West. Bismarck gesunken.<<

Draußen auf See war der Kampf inmitten zahlloser schwimmender Wrackteile aber noch nicht zu Ende.
Denn nun begann der Kampf eines jeden Deutschen, im eiskalten Wasser des Atlantiks auszuharren.

Über 2200 Mann Besatzung hatte Die Bismarck.
Ungezählte Männer waren während des Kampfes gestorben.
Der Rest, geschätzte 400-500 Mann, schwamm nun im eisigen Wasser.
Sie kämpften ums Überleben, während das Wasser wie tausend Nadeln stach.

Der schwerverletzte Franz zitterte und weinte.
>>...i-ch, will n-nicht, n-nicht sterben.<<
Er heulte beinahe schon apathisch. >>...M-Mama.<<

- - -

Eine Stunde nach dem Untergang gingen die Dorsetshire und der Zerstörer Maori neben den Überlebenden längsseits.

Anthony stand gebannt an Deck und blickte auf die Schiffbrüchigen: die Deutschen. Während die Mannschaft der Dorsetshire Taue und Netze die Bordwand hinunter warf:

- erbitterte Gegner...wurden zu Rettern.
- noch waren es knappe 20m.

Kraftlos schwammen die Überlebenden im ölverseuchten Wasser.

Derweil entdeckte Anthony Amy - und trat entschlossen auf sie zu. >>Geh unter Deck. Das hier is nix für Frauen.<<

Doch sie entgegnete. >>Du gibst mir immer mehr Gründe, dich nur noch zu hassen.<< Und dann sprach sie es aus.

>>Hast du ein fremdes Kind gezeugt?<<

Anthony tat perplex, verhöhnend. >>Wovon sprichst du?<<

Kraftlos ergriffen erste Schiffbrüchige die Taue und Netze.

>>Ich spreche von vielen Militärhäfen, Stützpunkten und ungezählten Marinematratzen.<<

Erschöpft versuchten die Deutschen sich hochzuziehen.

- Überlebende werden von der Dorsetshire gerettet -

223

Anthony entgegnete. >>Spinnst du?<<
Einige Seemänner fielen wieder zurück ins Meer.
Sie konnten sich aufgrund ihrer Verletzungen und ihren
frierenden Händen nicht mehr halten.

Anthony wies auf die Schiffbrüchigen.
>>Es gibt jetzt Wichtigeres. Verschwinde.<<
Amy aber blieb stehen und blickte steinhart:
sauer und steinhart.

Daraufhin verschwand *er*.
Gedemütigt und doch wichtigtuend.
Wichtig gehend…

…um weiter ab, stampfend dann - in der Nähe der Brücke -
an einem weiteren Netz ungefragt Befehle zu geben.
Sie beobachtete dieses Trauerspiel.
Daraufhin wurde sie auf die ersten Deutschen aufmerksam,
die hier oben tatsächlich die Reling erkletterten.

Die Matrosen und Offiziere der Dorsetshire stockten beim
Anblick Auge in Auge: sie waren Feinde…um sich dann aber
sofort die Hände zu reichen.
Ein Unteroffizier sprach Amy an. >>Lady! Die Decken!<<

Amy erspähte die gewiesenen Decken, welche bereits als großer
Stapel an Deck gebracht worden waren, eilte hin und ergriff
sofort einen Arm voll mit diesen Decken - um sie den frieren-
den, erschöpften deutschen Männern zu überreichen.
Mann für Mann.
Ein aufs andere Mal ergriff sie neue Decken, während zwei
Matrosen weitere Decken an Deck brachten.

Wobei Anthony 50m weiter unnütz einige Mannschaftsgrade befahl. Und deutlich war seine Verachtung gegenüber den verletzten, ölverschmierten Nazis zu beobachten.

Zeitgleich wurde er auf zwei Radarmatrosen hinter sich aufmerksam. Sie standen in der geöffneten Panzertür des Brückenturms - eines weiteren kleineren Sicherheitsradarraumes - und entschlossen sich spontan, ihren Radarraum zu verlassen um zu helfen.

Amy verteilte weiterhin Decken. Und nachdem die letzte Decke ausgegeben war, machte sie sich daran, einige Matrosen - die aus der Küche mit heißem Tee heraneilten - zu unterstützen. Und so versorgte sie nahtlos die unterkühlten Schiffbrüchigen mit heißem Tee, während bereits erste Deutsche von Sanitätern ins Innere des Schiffes geleitet wurden. Darunter ein Schwerverwundeter.

Amy schaute hunderte Meter weit hinaus aufs Meer:
- es waren noch so viele.
- Hunderte.
- alle schwimmend im vom ölverschmierten Atlantik.

Und plötzlich stach ihr Herz!
Direkt unter ihr an der Bordwand!
So laut sie konnte rief sie. >>**P e t e r ?!**<<
Ölverschmiert traute er seinen Augen nicht. >>**A m y ?!**<<

Anthony wurde trotz der Entfernung ebenso darauf aufmerksam.
Peter konnte es nicht fassen. >>**Du lebst!**<<

Anthony traute seinen Augen nicht: das war unmöglich!
Peter - sein Todfeind - hing 50m weiter mit einer Hand am Bordnetz! Und hielt mit der anderen: Franz!

Und Anthony sah den verzweifelten Gesichtsausdruck von Amy: sie liebte ihn!

Einem Schlaganfall gleich, torkelte er zurück und musste sich gar an die Wand des Brückenturmes lehnen: das durfte nicht wahr sein!
Sein jähzorniges Herz pochte!
Apathisch torkelte er weitere Schritte zurück in den Radarraum, wo er hasserfüllt sogar seinen Kopf gegen die Wand stieß.
Und noch einmal!
Es durfte nicht wahr sein!
Es durfte nicht wahr sein!
Alles hatte er unternommen, um ihn zu vernichten!
Alles!

...erst jetzt wurden ihm die Radarmonitore im Raum bewusst.
...in Rage griff er nach dem Bordtelefon.

An Deck blickte Amy in ihrer Verzweiflung hinüber zu Anthony:
- er sollte helfen!
- doch er war nicht mehr zu sehen.

Auf der Brücke der Dorsetshire klingelte das Bordtelefon.
Der 1. Offizier eilte hinüber...

...und vernahm eine unglaubliche Meldung! >>**U-Boot Alarm!**<<
Sofort hechtete der Captain zur Sirene und löste diese aus:
ohrenbetäubend schallte sie übers Deck.

Alle an Bord waren erschrocken.
Amy blickte hinunter zu Peter. >>Peter!<<
Die Maschinen wurden angeworfen und Peter rief verzweifelt
hinauf. >>Nein! Neeein!<<
Die Dorsetshire nahm Fahrt auf!
Und Peter rief so laut er konnte.
>>**No German U-Boots! - No German U-Boots!**<<
>>Bismarck hatte keinen U-Boot Geleitschutz!<<
Die Schiffbrüchigen riefen und flehten um ihr Leben.
>>No!<< >>No!<< >>No German U-Boots!<<

Erste Männer wurden von den Netzen abgerissen und riefen und flehten hinterher. Andere konnten sich noch halten.

Darunter Peter - mit Franz an der Hand!
Doch plötzlich ergriff ein anderer Kamerad Peter und zog sich in Panik an ihm hoch. Peter - mit Franz an der anderen Hand - konnte sich nicht mehr halten und rutschte ab!

Amy sah es. >>**Neeein!**<<
Das Schiff fuhr weiter.

Doch wie durch ein Wunder, konnte Peter 30m weiter ein zweites vorbeirauschendes Netz nochmals ergreifen!
Und unglaublich, weiterhin hielt er den schwer verletzten Franz an der Hand!

Amy rannte zum zweiten Netz und schrie die Matrosen an.
>>Helft ihm doch! - Zieht das Netz hoch!<<

Peter kämpfte und weinte.
Doch seine Kräfte schwanden.

Amy sah es - und überwand todesmutig die Reling, um das Netz hinunterzuklettern!
Doch zwei Matrosen hielten sie fest!
>>Sind Sie lebensmüde?!<<

Franz blickte hilflos zu Peter hinauf. >>Hilf mir! Hilf mir!<<
>>Ich hab dich! Ich lass dich nicht los!<< entgegnete Peter.

Auf Befehl wurde das schwere Netz von 20 Soldaten hochgezogen.

Amy packte mit allen Kräften mit an.

Stück für Stück zogen sie es hoch.

...doch Peters Kräfte schwanden.

...er konnte Franz nicht mehr halten.

...die Hände rissen auseinander.

...und Franz glitt ab ins Meer.

Peter zerbrach es das Herz. >>...Neeeeeein!<<

Weiterhin hing er - noch mit den Beinen durchs Wasser gleitend - am Netz, während dieses weiter Stück für Stück hochgezogen wurde.

Und Anthony, er war aus der Entfernung Zeuge des Ganzen.

Endlich wurde Peter als letzter Überlebender an Bord gezogen.

Und sogleich fiel Amy ihm weinend um den Hals.

Peter zerbrach es das Herz: Sie lebte! Sie lebte!

Sofort darauf blickten beide hinaus auf den Atlantik und suchten Franz: doch es war vergebens.

- - -

Am frühen Abend war Ruhe auf der Dorsetshire eingekehrt. Doch aufgrund des schwerwiegenden Manövers, welches die Dorsetshire fahren musste, herrschte eine beklemmende Stille auf der Brücke: denn das vergangene Manöver lag weiterhin erdrückend auf den Seelen der Männer.

Der 1. Offizier erschien durch die Brückentür mit einer Liste und kam auf den Captain zu. >>Sir. Insgesamt...<< Er unterbrach, er musste sich erst einmal sammeln. >>...mit den Überlebenden auf der Maori...sind es 110 Mann.<< Seine Augen wurden feucht und sichtbar hatte er schwer zu kämpfen.
Der Alte bemerkte es und sprach mit mulmigem Magen.
>>Wir haben richtig gehandelt.<< Auch er tat sich schwer.
>>Wir mussten. Wir konnten nicht anders.<<

Unter einem Vorwand begab sich Amy am späten Abend auf zwei Wachmatrosen zu, deren Aufgabe es war, unter Deck auf die Männer der Bismarck zu achten. Die Deutschen mussten sich in verschiedene große Mannschaftsquartiere aufhalten, vor denen je zwei Wachmatrosen der Dorsetshire Wache hielten. Denn Gefängnisräume gab es an Bord nicht.
Tatsächlich gewehrten die Wachmatrosen Amy Zutritt zu einigen Aufenthaltsräumen, nachdem sie erklärte, dass sie die Medikamente - die sie auf einem Tablett bei sich trug - wie die restlichen Sanitäter, an die Deutschen verteilen müsse.
Und im dritten Raum fand sie dann endlich ihren Peter.
Sofort drückte sie das Tablett mit den Medikamenten einem deutschen Kameraden in die Hände, um ihrem geliebten und so sehr vermissten Peter in die Arme zu fallen.
Die deutschen Soldaten blickten überrascht - und doch begriff und fühlte ein jeder, was sich da gerade vor ihnen abspielte.

Amy blieb die ganze Nacht über bei Peter.
Sie wollte nur noch an seiner Seite sein.

Am nächsten Tag beobachtete Anthony achtern an Deck die dort angetretenen deutschen Überlebenden. Er hasste sie.

Sie alle hatten sich eingefunden, um einem toten Kameraden das letzte Geleit zu geben. Der im weißen Leinentuch gebettete Körper lag unter einer deutschen Flagge.
Der Militärpriester an Bord der Dorsetshire sprach ein letztes Gebet. Und inmitten der Reihen erhaschte Peter das Gemurmel zweier Nachbarmänner. Der eine Soldat wollte wissen.
>>Wer war er?<< Der zweite Matrose flüsterte zurück.
>>Kamerad Lüttich. Er war der Schwerverwundete. Er hat die Nacht nicht überstanden.<<
Der Matrose hielt inne…und begann zu schmunzeln.
>>Und faselte ständig was: von 'ner Katze an Bord.<<

Das Gebet des Militärpriesters endete, woraufhin er den Verstorbenen segnete, um daraufhin einen deutschen Soldaten anzublicken.
Dieser trat vor - und sprach benommen, laut und deutlich:
>>Ich habe einen Kameraden verloren.<<
…er setzte seine Mundharmonika an.
…und fing an, das Lied zu spielen.
Leise sangen die Soldaten mit:
`Ich habe einen Kameraden verloren.´

Erst jetzt hoben weitere Soldaten das Brett an, auf welches der Kamerad lag…so dass der Körper ins Meer hinab rutschte.

Später dann, begab sich auch Anthony in einem dieser Mannschaftsquartiere: doch für ihn war es der Weg in die Höhle des Löwen. Langsam schlenderte er durch die verwundeten Deutschen. Er wollte sie sehen - diese Nazis - und ihnen verachtend in die Augen blicken. Und genau dies tat er. Während hier und dort einige weiterhin von britischen Sanitätern behandelt wurden.

Erst dann bemerkte er, wie er aus der Entfernung heraus beobachtet wurde: es war Peter, mit herausforderndem Blick.

Anthony tat, als sei er überrascht und eilte scheinheilig auf ihn zu. >>Peter! Du hast überlebt!<<
Doch Peter, der bereits von Amy erfahren hatte, dass Anthony ebenfalls auf diesem Schiff war, ließ ihn auflaufen.
Er hatte andere Probleme: er hatte seinen Bruder verloren.
Anthony stand da, wie blöd. >>Nun sag doch was.<<

Amy erschien mit etwas zu Essen für Peter, hinter Anthony.
Erst jetzt ging Peter auf ihn ein. >>Ich? Soll was sagen?<<
Anthonys Mundwinkel zuckten. >>Ich bin so froh, dass du...<<
Peter unterbrach. >>Amy...<< Er blickte an Anthony vorbei.
Dieser drehte sich um und bemerkte sie erst jetzt hinter sich.
Peter sprach weiter zu Amy. >>...in meinem zweiten Brief hatte ich dir damals geschrieben: du glaubst dem, was geschehen ist und den Worten von Anthony. Dagegen kann ich nichts tun. Vorerst.<< Peter blickte entschlossen zu Anthony. >>Du bist durchtrieben. Verlogen. Und falsch.<<
>>Aus welchem Grunde hast du mir und Franz damals gesagt: Treff für Amys Rückfahrt nach Amerika ist um 11:30 Uhr im Hafen.<<

Anthony erinnerte sich und blickte zu Amy.

Er sah: egal was er nun sagen würde, es würde ihr nichts mehr bedeuten. Er war aufgeflogen. Außerdem hatte er sie sowieso verloren. Dennoch hob er sein Kinn.

>>Wir drei kennen die Antwort.<<

Peter sprach sie aus. >>Du hattest Angst. Du hattest Angst, weil du in der Nacht zuvor Amy und mich vor ihrem Schlafzimmer beobachtet hast.<< Dies jedoch wollte Anthony vor Amy nicht zugeben. >>Jetzt mach mal halblang.<<

Den Gefallen tat Peter ihm nicht. >>Und dann: ein Jahr später. Im Hafen. Als Franz und ich am Angeln waren. Nachdem Amy und ich uns nachts zuvor das erste Mal am Strand gestritten hatten. Es waren deine verachtenden Worte: Wieso? ...läuft doch hervorragend. ...für mich. ...nach einer solchen Abfuhr für dich gestern Nacht.<<

Amy reagierte entrüstet.

>>Wie bitte? Mich hattest du nachts vor dem Haus aufgelauert und gesagt, du seiest gerade erst aus London gekommen.<<

Anthony wurde sauer. >>Was soll das jetzt hier?<<

Peter gab Antwort.

>>Du bist hinterhältig. Und all deine Lügen fliegen auf.<<

Anthony zürnte. >>Vorsicht!<< Er wandte sich an Amy.

>>Ich war immer fair. Zu dir. Und zu allen ande...<<

>>**Wo** warst du?<< unterbrach sie.

Anthony blickte sie an: was wollte sie?

Sie zitierte ihn. >>...Kameraden, die für den anderen durchs Feuer gehen. Die selbst den Seemannsfeind retten, wenn er in Not ist.<< Sie wies auf Peter. >>Weil er ein Seemann ist.<< Sie war maßlos enttäuscht. >>Vielleicht hätten wir Franz retten können!<<

Sie war erschüttert. Und dann brach sie Anthony das Kreuz. Denn mittlerweile wusste sie, er hatte es nicht besser verdient. >>Auf wen hast du denn gestern mit der Vierlingslafette geschossen?<<

Anthony war sprachlos: sie musste *es* gesehen haben.

Peter horchte auf:
ihm war dieser Kugelhagel natürlich noch bewusst.
- und dann dämmerte es ihm.
- sein Gesichtsausdruck spannte sich.
- er war fassungslos.
- tödlich trafen seine Augen auf Anthony.

Amy war es, die es dann gebrochen zu Wort brachte.
>>Wir alle waren einmal Freunde!<<

Ihre Augen wurden feucht. Und langsam verstand sie, wie sehr Anthony sie all die Jahre hinters Licht geführt hatte.

>>Du bist menschlicher Abschaum. Ich will dich nie wieder sehen. Doch bevor du aus meinem Leben verschwindest: du hast meine Frage von gestern an Deck nicht beantwortet.<<

Anthony sah:
- alles, was er je unternommen und ausgesprochen hatte.
- alles was er je tat.
- kam nun als Bumerang zurück.

Alles was er je wollte - nämlich Amy - war nicht mehr. Und so entschloss er sich, dass erste Mal in seinem Leben ehrlich zu sein. >>Die Antwort ist, ja.<<

Einige Tage später gingen in Liverpool die Überlebenden der Bismarck von Bord der Dorsetshire.
Viele Radio-, Zeitungs- und auch Kamerareporter waren vor Ort.

Ein Kamerareporter kommentierte in die Kamera, während im Hintergrund die deutschen Seemänner über die Gangway englischen Boden betraten. >>...und hier kommen die Überlebenden des Schlachtschiffes Bismarck von Bord der Dorsetshire. Die Seemänner werden in ein Gefangenenlager gebracht. Die Bismarck, die zuvor unseren Nationalstolz Die Hood vernichtend geschlagen hat, wurde von insgesamt 8 Schlachtschiffen und Schlachtkreuzern, 2 Flugzeugträgern, 4 schweren und 7 leichten Kreuzern, 21 Zerstörern, 6 U-Booten, sowie mehreren Aufklärungsflugzeugen gejagt. Außerdem wurde vom Zerstörer Cossack angeblich die Bordkatze der Bismarck gerettet. Verängstigt und festgekrallt an einem Wrackteil.<<

Zwei Wochen später stand Amy vor dem Tor des Gefangenenlagers.

Es befand sich in Bury, einem Nachbarort von Liverpool.

Amy war extra von ihrer Air Base aus angereist, doch ihr
wurde der Eintritt verwehrt. Sie verstand es nicht.

Und was sie überhaupt nicht bemerkte, war, dass sie dabei
aus der Entfernung heraus beobachtet wurde.

Sie übernachtete in einem Hotel, um am nächsten Tag nochmals
auf den Eingang des Gefangenenlagers zuzutreten.

Doch erneut verwehrte man ihr den Eintritt. Da Amy damit
gerechnet hatte, übergab sie dem Wachhabenden einen bereits
verfassten Brief und ging. Denn natürlich musste sie nach
diesem Wochenende wieder zurück zu ihrer Air Base.

Der Militärbeamte des Eingangs blickte ihr nach. Dann las er
den Namen Peter Hinrichsen und ließ den Brief verstohlen
verschwinden.

Enttäuscht saß Amy später in ihrem Zug und war den Tränen
nahe.

Peter wartete weitere zwei Wochen und konnte es nicht
nachvollziehen, dass Amy sich nicht gemeldet hatte.

Folglich bat er darum, einen Brief schreiben zu dürfen - den
er daraufhin mit der Adresse von Amys Air Base einem
Wachhabenden übergab.

Der Brief selbst wurde am Eingangsportal von dem dort
wachhabenden Militärbeamten mit der ein- und ausgehenden
Post kontrolliert.

Als der Beamte den Absender Peter Hinrichsen las, sortierte
er den Brief aus.

Weitere 14 Tage später fuhr Amy übers Wochenende nach Swansea, um gemeinsam mit Peters Mutter - mit dem Zug erneut nach Liverpool, nach Bury zu gelangen - um das Gefangenenlager aufzusuchen.

Die Mutter war wegen Franz weiterhin in Trauer und trug Schwarz.

Zufällig traten sie mit weiteren Personen auf den Eingang des Gefangenenlagers zu. Einige dieser Personen vor ihnen - es mussten wohl Verwandte einiger Deutscher sein - gaben Päckchen und Briefe ab.

Auch Amy gab ein Päckchen ab.

Die Mutter einen Brief.

Da keine Person ins Lager hineingelassen wurde, verließ die Gruppe mit Amy und Peters Mutter kurz darauf wieder den Eingangsbereich. Und kaum geschah dies, kontrollierte der Militärbeamte die Päckchen und Briefe - und sortierte Amys Päckchen und den Brief der Mutter aus.

Irgendwo in einer nächtlichen dunklen Gasse von Liverpool schlich der Militärbeamte umher, denn er war auf dem Weg hin zu einem Treffpunkt. Am Treffpunkt selbst wurde er bereits von einem Schatten einer männlichen Person erwartet.

Der Schatten holte Geldscheine hervor und drückte sie dem Militärbeamten in die Hand. Wortlos wandte sich die Person ab und verschwand in die Nacht hinein.

14 Tage später wurde Amy vor dem Eingang des Gefangenenlagers ein weiteres Mal aus sicherer Entfernung beobachtet:
es war Anthony.

Doch zwei Officer der Police sprachen ihn an.
>>Anthony Clarkson?<<
Anthony erschrak. Worum ging es?
>>Sir. Bitte begleiten Sie uns aufs Revier.<<
Anthony war perplex. >>Wie bitte?<<
Er versteckte sich gleich hinter irgendwelchen Militärfloskeln.
>>Wo bleibt Ihr Respekt vor einem Marineunteroffizier?<<

Auf dem Revier kochte Anthony vor Wut.
Auf seine Fragen, warum man ihn mitgenommen hatte und
was überhaupt los sei, wurde nicht geantwortet.
Stattdessen musste er seine Personalien preisgeben.
Ein Mitarbeiter der Police-Station legte ihm daraufhin ein
Formblatt hin: Anthony sollte es unterschreiben. Der andere
Officer, der Anthony auf der Straße angesprochen hatte, stellte
in Anthonys Militärpass etwas fest. >>So, so: degradiert.<<
Der erste Beamte klärte ihn dann unmissverständlich auf.
>>Werden wir Sie, Sir, nochmals in einer Distanz von 100m
von Amy Southberg aufgreifen, setzen wir sie ins Gefängnis.<<
Die Bediensteten blickten hart: sie würden es nicht zulassen
über diesen Punkt zu diskutieren. >>Alles verstanden?<<
Anthony war gedemütigt: Amy musste ihn bemerkt haben.

Tage und Wochen vergingen.

Anthony hatte sich derweil bei der Royal Armee gemeldet, denn bei der Royal Navy wollte man ihn nicht mehr.

Und zu allem Überfluss hatte sich die Degradierung - der Rausschmiss bei der Royal Navy und seine Betitelung die man ihm nachflüsterte - auch noch bis hierher rumgesprochen. Dementsprechenden Kommentaren seiner neuen Vorgesetzten musste er standhalten.

Darüber hinaus war er einfach nur noch maßlos enttäuscht: Über sich. Über alles. Und darüber, dass er aufgeflogen war. Sprich, dass Amy ihn durchschaute hatte.

Er hatte keine Ahnung, wie es in seinem Leben weitergehen sollte. Ihm war mittlerweile alles egal.
Folge dessen ungepflegt wurde sein Erscheinungsbild.
Er war nur noch ein Schatten seiner selbst - und die Flucht in den Alkohol war die Rettung über den Tag.

Alles zusammen drückte derart auf sein Gemüt, dass ihm dann bei der Royal Armee der Gedanke für einen letzten Wunsch kam: die erlösende Kugel möge ihn treffen.

Dennoch aber funktionierte es über weitere Monate, dass weder Peters Briefe, noch die von Amy, den jeweils anderen erreichten. Der korrupte Militärbeamte leistete ganze Arbeit und erhielt weiterhin sein Geld.
Was zwischenzeitlich postalisch geschah.

Der Winter kam und Amy erfüllte pflichtbewusst weiter ihren Dienst für die ATA.

Sie schrieb zu Weihnachten einen Brief und gab ihn persönlich am Eingang des Gefangenenlagers ab. Natürlich und zusätzlich der Hoffnung, wenigstens dieses Mal aufgrund der Weihnachtstage Einlass gewehrt zu bekommen.

Doch wie zu erwarten, wurde dem nicht stattgegeben.

Anthony trank mittlerweile bereits im Dienst: ihm war es egal. Und so fand er sich eines Tages im Juni 1942 kämpfend und benebelt in Nordafrika wieder.

Und stetig und weiterhin angetrunken, erfuhr er durch die Briefe des korrupten Militärbeamten aus Bury - die ihn an der Front erreichten - dass weiterhin alles nach Plan lief.

Amy selbst trat ein aufs andere Mal erneut vor den Eingang des Gefangenenlagers, wurde aber nie hineingelassen. Und aufgrund aufkommender Streitgespräche mit dem Militärbeamten, wurde ihr gegenüber eines Tages sogar ein Platzverbot ausgesprochen.

Der Militärbeamte kramte zu Hause aus seinem Sofa verschiedene Geldbündel hervor. Er zählte sie, grinste und legte ein noch größeres Bündel hinzu: denn mittlerweile wusste er über Anthonys krankhafter Neigung. Daraufhin hatte er ihn unter Druck gesetzt - und bekam nun noch mehr Geld.

Amy ging weiter ihrer Arbeit nach und flog für die ATA. Doch ihre einstige Euphorie in der Luft, war mit ihren Gedanken an Peter verflogen.

Anthony trank ununterbrochen in Nordafrika und war nur noch ein Wrack.

Und eines Tages - er war wieder alkoholisiert - verließ er während eines Gefechtes zum Entsetzen der anderen Kameraden erschüttert die Stellung, um sich schreiend mit breiter Brust in der Wüste der deutschen Armee entgegen zu stellen.

>>Rommel! …tu es endlich!<< schrie er sich die Seele raus.

Doch die Deutschen schossen daneben.

Einer der Kameraden hechtete sich zu ihm und riss ihn wieder zurück. Anthony konnte es nicht fassen: noch nicht einmal diesen Gefallen wollte ihm das Schicksal tun.

Amy flog weiterhin Maschinen zur Front.

Und trotz ihres Platzverbotes unterließ sie es nicht, beständig zum Gefangenenlager zu fahren:

- doch es war mittlerweile nur noch einmal im Monat.
- oder auch nur einmal, alle zwei Monate.

Am 6. Juni 1944 registrierte Anthony, dass er sich alkoholisiert in vorderster Front auf einem der Sturmboote beim D-Day wiederfand und sich übergeben musste. Vielleicht war es der Wellengang der ihn übel mitspielte, doch eher war es die Kombination des Alkohols mit dem Wellengang.

Überall detonierten Granaten nahe dem Sturmboot, während die Luft durch stetig vorbeisausende MG-Salven brannte.
Und während die Kameraden um ihm herum, um ihr Leben betend bangten, sagte Anthonys Blick in diesem Inferno alles:
- er wollte sterben.
- dies war der Augenblick.

Dann setzte das Sturmboot endlich inmitten der Hölle am Strand auf. Die vordere Klappe fiel und sogleich wurden mehrfach Kameraden um ihm herum und vor ihm tödlich getroffen. Anthony eilte mit der Gruppe über die getroffenen Kameraden hinweg, hinein ins Brusttiefe Wasser, dann auf den Strand …und inmitten der ungezählten Kugelhagel, inmitten der Detonationen konnte er es nicht fassen:
die Deutschen schossen daneben.

Und selbst während des Gefechtes am Strand gelang es ihm bis zur großen Dünung des Strandes vorzudringen, wo er und seine Einheit sich in Sicherheit drücken konnten…
…um von dort aus, über Stunden hinweg, einen perfekt gesicherten Nazi-Bunker vor ihnen zu knacken.

Tags darauf eroberte seine Einheit ein Dorf am Atlantik.

Doch Anthony und seine Kameraden mussten feststellen, dass sie dadurch - mit einer weiteren Gruppe einer anderen Einheit - in einen Hinterhalt geraten waren.

Anthony sah, einige Kameraden der anderen Gruppe auf der anderen Straßenseite würden keine Chance haben.

Und dann erkannte er unter ihnen einen der Jungs: es war der dünne, schmächtige Sohn des einfachen Fischers aus Swansea.

Er musste jetzt um die 18 Jahre alt sein.

Und sogleich war Anthony klar, wenn er jetzt nicht Feuerschutz gäbe, würde der Sohn des Fischers sterben.

Es war perfekt:

Anthony wusste, dass auch der schmächtige Sohn des Fischers wusste, dass er diesen Schritt nicht überleben würde.

Und doch wäre es die Möglichkeit, nicht nur endlich alles zu beenden, sondern vielleicht einmal in seinem Leben etwas Gutes getan zu haben.

Und sein Ruf - diese Tat - würde Amy über Swansea erreichen.

Und sogleich wäre sie darüber im Wissen: er war nur wegen ihr, wegen seinem gebrochenen Herzen gestorben.

Und so eilte er mit der Maschinenpistole auf die offene Straße und gab Feuerschutz. Er schoss...und schoss.

Und dann erhaschte er den Blick des Fischersohnes.

Dieser erkannte ihn ebenso.

Anthony gab Zeichen, er solle rennen...

...während er weiter schoss...und schoss...

Nur drei Tage nach dem D-Day erhielt Amy den Befehl, eine Spitfire ins unsichere Frankreich zu überführen.

Das erste Mal überflog sie den Ärmelkanal und musste - laut Befehl - es noch ganze 25km landeinwärts zu einem provisorischen Landeplatz schaffen.

Doch je tiefer sie mit dem Überfliegen der Normandie in Frankreich eindrang, umso mehr stieg die Gefahr:
denn das Gebiet war noch nicht gesichert.

Irgendwann kam ein leichtes Unbehagen in ihr auf.
Und dann geriet sie in einen Kugelhagel feindlicher Flugabwehr

Bedächtig entstieg Pam in Bury vor dem Gefangenenlager einem Taxi - wohlwissend der ganzen Geschichten, die sie bereits von Amy und Peters Mutter gehört hatte - und steuerte auf den Empfang des Lagers zu.
Ein Militärbeamter bedauerte, er könne sie nicht hineinlassen.
Daraufhin hinterlegte sie einen Brief. Doch dieser Militärbeamte - der den bestechlichen Kollegen vertrat - kontrollierte den Brief nicht und legte ihn in ein Postfach, für die Post ins Ausland.

Verwundert nahm Peter - nach beinahe drei Jahren ohne jeglichen Kontakt zu seiner Amy - einen Brief in seinem Gefängnislager in Kanada entgegen. Denn er war mit den anderen Mannschaftsgraden zwischenzeitlich dorthin verlegt worden.
Doch auch dort wurde durch einen weiteren geschmierten Beamten genauestens darauf geachtet, dass jegliche Briefe, die Peter an eine Amy Southberg schrieb, nie weitergeleitet wurden. Jedoch hatte dieser Beamte keine Order, auf eingehende Briefe zu achten.
Und so las Peter den Brief in seiner Zelle und erfuhr, Amy hatte den Auftrag nach dem D-Day eine Maschine ins unsichere Frankreich zu fliegen: sie wurde abgeschossen!

Für Peter brach eine Welt zusammen:
warum musste das geschehen?
All die Jahre. All die Jahre, die er um sie gekämpft hatte.
Nach dem Krieg wäre die Möglichkeit für ein gemeinsames Leben gewesen. Denn irgendwann, würden sie ihn entlassen.
Doch nun, war alles umsonst... - ...sie war nicht mehr.

- - -

In der Normandie saß der Großvater am frühen Abend mit Junior Hinrichsen in einem Museum. Wortlos starrten die Augen des Großvaters noch auf die letzten Fernsehbilder der weltberühmten Dokumentation von James Cameron:
Die Bismarck.

Die Dokumentation endete, wobei auf dem Fernseher in s/w die Überlebenden gezeigt wurden, wie sie in Liverpool über die Gangway den Hafen betraten.
Und überall drängten Pressevertreter.

Plötzlich horchte der Großvater auf. >>Der da, im Hintergrund, ...das...bin ich.<<
Junior Hinrichsen war angetan und staunte.
Die Augen des Großvaters wurden feucht.
>>Oh mein Gott, wie jung ich damals war.<<

Im Fernseher teilte die OFF-Stimme des Sprechers der Dokumentation abschließend etwas mit.

>>Der dramatische Verlust des Schlachtschiffes Die Hood hatte große Wirkung auf die britische Öffentlichkeit.
Einige bezeichneten dies später als die schockierendste Nachricht des Zweiten Weltkrieges für das Empire.

\- - -

Neun Tage dauerte der erste und einzige Einsatz des Großkampfschiffes Bismarck. Der Einsatz brachte an die 3500 Kameraden den Tod. Engländer und Deutsche. Geopfert durch Fanatiker. In einem Krieg, der zum Scheitern verurteilt war.

\- - -

Stunden nach dem Untergang der Bismarck fand U-74 drei Männer und nahm sie an Bord. Am 29. Mai, zwei Tage später, konnte das Wetterbeobachtungsschiff Sachsenwald zwei weitere Überlebende auf einem Wrackteil retten.
Somit überlebten insgesamt 115 Mann.

\- - -

In seinem späteren Abschlussbericht des Seekrieges schrieb der britische Admiral Tovey: Die Bismarck hat gegen eine riesige Übermacht einen äußerst tapferen Kampf geführt.
Würdig der vergangenen Tage der Kaiserlich Deutschen Marine. Und ist mit wehender Flagge untergegangen.<<

Die Dokumentation endete.
Der Fernseher war schwarz.
Und der Großvater kämpfte mit den Tränen.

In leichter Abenddämmerung verließen sie das Museum.
Der junge Hinrichsen stützte seinen Großvater - und irgendwie
spürte er, dass sein Großvater noch etwas sagen wollte:
denn der steuerte in Richtung Dorfausgang zum Atlantik.
>>...der Abschuss von Amy war ein Stich in mein Herz.
Ebenso der frühe Tod von Mutter. Sie hatte den grausamen
Verlust von Franz nie verkraftet. Sie trug jahrelang nur noch
Schwarz. Ich erfuhr es erst nach dem Gefangenenlager.<<
Er hielt inne, denn weitere Erinnerungen kamen auf.
>>Einige der Aufseher mochten mich wohl nicht. Ich merkte es
an ihren Blicken. - Und bis auf Pams Brief, mit dem Absturz
von Amy, wurde mir nie etwas zugestellt. Ich meine, ich
kann mir nicht vorstellen, dass sie oder Mum nie geschrieben
haben?<<

Er bemerkte einzelne Regentropfen die herunter kamen und
krempelte den Kragen hoch.
>>Als ich nach Jahren in Hamburg ankam, lag Vater im Sterben.
Er war streng und hart. Und doch so zerbrechlich, wegen Mutter.
Das hatte keiner von uns gedacht. - Ich erbte das Haus.
Besser gesagt, das, was die Luftangriffe auf Hamburg übrig
ließen.<<

Philipp fuhr gedanklich weiter. >>Dann bist du ausgewandert,
nach Südamerika.<< Der Großvater nickte. >>Zu viele schmerz-
hafte Erinnerungen in Hamburg. Ich überließ alles der Verwandtschaft.<<

Er kämpfte mit seinen Gefühlen.
Und driftete gedanklich ab.
>>Und dann die bis heute ständigen Gedanken:
- wie konnte das geschehen?
- wie konnte *mir* das passieren?<<

Philipp benötigte einen Moment,
…bis er dann erst begriff was sein Großvater meinte.

Vorsichtig ging er auf ihn ein.
>>Nein, Großvater. Nein. Du darfst dir keine Vorwürfe machen. Es ist nichts bewiesen: ebenso kann eine Salve der anderen Türme Die Hood vernichtet haben.<< Der Großvater schaute ihn an - und bedankte sich für diesen Satz mit einem warmen Blick. Auch wenn er ihn selbst nicht glaubte.
Sie taten weitere Schritte und sahen auf den Atlantik.

Doch der Großvater kämpfte weiterhin. >>Ich musste weg.<< Der junge Hinrichsen verstand die Handlungen und Entscheidungen seines Großvaters - und begann zu überlegen: dabei fiel er in einen Gedanken, um somit für sich etwas festzustellen.
>>Ich werde diese, deine Geschichte durchsetzen. In der Redaktion.<< Der Großvater blickte und war sich über diese Entscheidung uneins. Er wusste nicht so recht.
Wortlos tat er weitere Schritte.
Philipp hielt ihn weiterhin eingehakt, woraufhin er sich dann plötzlich an etwas erinnerte. Er atmete tief.
>>Großvater: The German General. Ein solches Grab habe ich heute gesehen. Ich zeige es dir.<<
Der Großvater blickte stumm: auch darin sah er keinen besonderen Sinn.
Philipp mühte sich. >>Und dann...<< Ihm lief ein Schauer über den Rücken. >>...habe ich etwas Weiteres gesehen:<<
Er stockte. >>Ein gesticktes Emblem des Empire.<<
Der Alte entgegnete und wies auf entgegenkommende Veteranen auf der Dorfstraße. >>Junior, sieh: Der da. Der da. Und dort, die französische Krankenschwester. Ein jeder läuft hier rum mit irgendwelchen alten Orden und Emblemen. Sie wurden millionenfach hergestellt.<<

- - -

Im leichten Regen erreichten sie später dann doch den Friedhof am Atlantik.

Philipp hatte seinen Großvater doch überzeugen können.

Ehrfürchtig wies er seinem Großpapa auf der Begräbnisstätte eine Richtung, bitte dort entlang.

Und zufällig trafen sie dort - wo sie hinwollten - auf zwei, der drei älteren Frauen.

Nochmals standen die Frauen am Grab, nun mit Regenschirmen in den Händen.

Mit vorsichtigen Schritten kam der Junior mit seinem Großvater auf die Damen zu. Die beiden Damen bemerkten, die Männer blieben ebenfalls vor diesem Grab stehen.

Wortlos nickten sie einmal zum jungen Reporter, man kannte sich.

Der Großvater war währenddessen tatsächlich irritiert über die Inschrift des Grabes. Sekunden vergingen.

Eine der älteren Frauen näherte sich dem Kreuz, legte die vergessenen frischen Blumen nieder und wischte mit der Hand Moos von den kleinen Buchstaben.

Erst jetzt war der Name zu lesen:

- Anthony Clarkson -
- Verstorben mit 25 Jahren –
- `The German General´ -

Der Großvater erschrak. >>...A-Anthony?<<

Die beiden Damen blickten ihn an. Sie mühten sich.
Irgendetwas schien mit diesem Fremden zu sein:
anscheinend kannte dieser Mann, Anthony.
Kannten sie ihn?

Monica durchwühlte ihre Erinnerungen…und dann erschrak sie.
Sie konnte es selbst nicht glauben.
>>...Pe-...Peter? ...Hin-richsen?<<
Peter riss die Augen auf. >>Ja.<<
Dann, nach zwei Sekunden, erschrak er. >>...M-Monica?<<
Er mühte sich. >>...Pam?<<

Die beiden älteren Frauen waren baff.
Sie trauten ihren Augen nicht: nach so vielen Jahrzehnten.
Monica und Pam bestätigten. >>Ja. Wir sind es.<<
Gleichzeitig umarmten sie ihren Peter. Junior Hinrichsen
beobachtete angetan die Situation, denn Pam und Monica
weinten. Und auch Peter kämpfte mit den Tränen.

Erneut blickten sich die drei an, bis Peter auf das Grab wies.
>>Das ist doch...unmöglich.<< Er schaute beide Frauen an.
>>Und dann auch noch - euch heute hier zu sehen.<<
Im Bann ihrer Emotionen nickten sie wortlos, ihre Stimmen
versagten. Peter verstand das alles noch nicht.
>>Wieso liegt Anthony, hier?<<

Pam und Monica sammelten sich. Und Pam antwortete mit
einer Gegenfrage. >>Wieso...bist du hier? In der Normandie?<<
Monica erweiterte. >>Und hier, auf diesem Friedhof?<<

Peter wies auf den Junior. >>Mein Enkel, Phillip.<<

Pam war weiterhin hin und hergerissen. >>All die Jahrzehnte.<<

Monica ergänzte: >>Kein Mensch wusste, wo du geblieben bist.<<

Peter wies nochmals auf seinen Enkel. >>Er kontaktierte mich.<<

Philipp fügte bei. >>In Argentinien.<< Monica war überrascht.
>>Argentinien?<< Peter erklärte. >>Nach den Jahren im
Gefangenlager, bin ich zurück nach Hamburg. Vater verstarb
kurz darauf - und ich wollte nur noch weg. Mich hielt nichts
mehr in Europa.<<

Er hielt inne und tat sich plötzlich schwer weiterzusprechen.
>>Auch...-...auch keine Amy.<<

Er sah sie noch vor sich: jung und hübsch.

Pam graute es. >>Oh, mein Gott. Die Briefe sind dir im Lager
nicht vermittelt worden?<<

Peter hakte nach. >>Welche Briefe?<<

Für Pam und Monica brach eine Welt zusammen.

Sie blickten sich an: er hatte also nur Pams Brief, mit der
Information über den Abschuss von Amy, damals erhalten.

Wie um alles in der Welt würde er ihnen je verzeihen?

Peter bemerkte deren Blicke, verstand es aber nicht. >>Was ist?<<

Pam zitterte. >>...s-sie h-hatte damals den Abschuss überlebt.<<

Peter traf es wie ein Schlag. >>Nein!<<

Doch gleichzeitig bemerkte er in ihren Blicken, da war etwas.
Er folgte ihren Blicken - und drehte sich um.

Die dritte, ältere, zivil gekleidete Dame kam mit dem Regenschirm vor ihrem Gesicht auf die Gruppe zu.
Sie blickte nach unten, um nicht in den Matsch zu treten.
Erst dann blickte sie auf.
Peter erkannte sie. >>...A-Amy?<<

Amy wusste von nichts und erschrak, denn sie sah die verweinten Gesichter ihrer Cousinen. Die Blicke ihrer Cousinen jedoch sagten ihr etwas Unglaubliches:
sie schaltete und glaubte den Mann zu erkennen. >>...P-Peter?<<
Dieser nickte.

Geschockt ließ sie den Regenschirm fallen.
Sogleich eilten beide aufeinander zu und fielen sich weinend in die Arme:
All die Jahrzehnte.
All die Jahrzehnte.
Warum?

Junior Hinrichsen ließ eine Photographie entstehen.
Dieser bewegende Moment musste festgehalten werden.

- - -

In einer ruhigen Ecke einer Dorfpension hatten sie es sich am Abend vor einem Kamin gemütlich gemacht - und nach wie vor waren alle Beteiligten vor den Kopf gestoßen, was heute mit ihnen hier in der Normandie geschah.

Peter hatte zwischenzeitlich einiges erklärt und endete.
>>...und dort lebe ich bis heute noch. Direkt mit dem Blick auf den Atlantik.<<
Pam war weiterhin betrübt. >>Ich bin untröstlich.<<
Sie begann zu weinen.
Monica nahm sie an sich - und lächelte plötzlich.
>>Ich erinnere mich an eine Situation, in welche unsere verstorbene Schwester Mary-Anne mir einst zuzwinkerte und etwas sagte: Monica, wir sind hier jetzt überflüssig.<<
Pam verstand und drückte nochmals Peters Hand.
Monica, Pam und Junior Hinrichsen erhoben sich und verließen die Pension.

Wortlos saßen sich Peter und Amy gegenüber.
Beide benötigten Zeit:
- ihre Gefühle.
- die Erinnerungen.
- die verlorenen Jahrzehnte.

Amy begann dann vorsichtig zu sprechen.

>>...i-ich weiß gar nicht, was, was ich sagen soll.<<

>>...bist du.<< Sie hielt inne. >>...verheiratet?<<

Peter antwortete. >>Ich war es. Einmal.<<

>>Ich auch. Einmal.<< flüsterte sie. Und meinte Anthony.

Peter verfing sich in seine Erinnerungen. Und er kämpfte.

>>Entschuldige...du warst verstorben.<<

Amy wusste, was er meinte. Sie ging in sich.

Und dann begann sie, vorsichtig zu erklären.

>>Keiner der Deutschen in der zerstörten Kirche, die zu einem Lazarett umfunktioniert worden war, glaubte, dass ich überleben würde.<<

Peter war überrascht, sie war in Gefangenschaft?

>>Erst zwei Wochen später mussten die Deutschen unter enormen Druck der Alliierten ihr Hoheitsgebiet aufgeben und ließen mich im Gefecht zurück. - Und es war eine amerikanische Vorstoßgruppe, die mich zuerst entdeckte, um mich drei Tage später britischen Sanitätern zu überführen. Durch deren Einheit, konnte ich dann erst meine Air Base in England über Funk erreichen, dass ich es überlebt hatte. Sprich, ich sprach direkt auch noch mit Pam. Du kannst dir ihren Schock, ihre Erleichterung vorstellen.<<

Peter nickte. Das konnte er.

>>Ich schrieb Dir einen Brief über all das Geschehene.<<

Doch Peter zuckte mit den Schultern, bei ihm war ein solcher Brief nie angekommen.

Ihr Gesicht verfiel:

daher also, war sie für ihn weiterhin verstorben.

Dann ging Amy in sich: denn da war noch etwas, das ihr auf dem Herzen lag. Beinahe nur hauchend entfiel es ihr:

>>Das bedeutet, du weißt von nichts.<<

Es war so leise, dass er es nicht verstanden hatte. Und so entglitt ihm eine Floskelfrage. Eine dieser Fragen, die man stellte, wenn man einen anderen eine lange Zeit nicht gesehen hatte. >>Und habt ihr Kinder?<<

Phillip kam zurück, er hatte die Fotokamera stehen lassen. Doch hörte er die beiden und blieb ungesehen hinter einer Ecke stehen.

Amy nahm sich ein Herz. >>Ich war schwanger mit Sarah.<<

>>Du hast eine Tochter. Gratulation.<<

Sie nickte. >>Sie lebt in Hamburg.<<

Peter blickte auf. Amy ergänzte benommen. >>In eurem Haus.<<

Er kräuselte die Stirn. >>Mein Elternhaus steht noch?<<

>>Ich erwarb es von deinen Verwandten.<<

Er verstand es nicht. >>Warum?<<

>>Weil ich wollte...<< Sie stockte.

>>...dass meine Tochter mit ihrem Vater aufwächst.<<

Peters Gedanken begannen zu rasen - er war sprachlos.

Ihre Augen wurden feucht, während sie seine Hand nahm.

>>Ich wollte, dass sie mit dir aufwächst.<<

Er konnte es weiterhin nicht begreifen: er war Vater?

Amy begann zu erklären.

>>Unsere damalige Nacht.<<

>>Dann der Kriegsausbruch.<<

>>Ich konnte dich nicht mehr erreichen.<<

>>Alles war unmöglich.<<

>>Nach einem Jahr dann, sagte ich Ja zu Anthony.<<

>>Er nahm Sarah mit in unsere Ehe auf.<<

Sie hielt inne.

Um dann weiter zu erklären.

>>Nach dem Krieg hatte ich über Jahre versucht dich im Lager zu kontaktieren. Ergebnislos. Bis heute geh ich davon aus, dass Anthony seine Finger im Spiel hatte.

Kurz bevor ich einen Rechtsanwalt einschalten wollte, begab ich mich 1946 dann nach New York. Ich wollte, dass Sarah dort das Weihnachtsfest mit ihren Großeltern verbringt. Doch dort erfuhr ich per Zufall durch den Rest eines Radioberichtes, dass ihr - die Männer der Bismarck - zu Weihnachten freigelassen werden solltet. Unverzüglich reisten wir nach Liverpool: aber wir fanden dich nicht. Denn erst in Bury erfuhr ich, dass alle Mannschaftsgrade und die Offizieranwärter der Bismarck, Jahre zuvor nach Kanada verlegt worden waren. Was die Öffentlichkeit nicht mitbekommen hatte. Also dachte ich, du bist bereits in Hamburg.<<

Sie tat sich schwer. >>Aber auch dort gab es weit und breit kein Lebenszeichen von dir. Außer, dass ein Nachbar sich mit dir kurz unterhalten hatte. Aber kein Mensch wusste, wo du danach warst und ob du aus Deutschland ausgewandert bist. Nicht einmal deinen Verwandten hattest du es mitgeteilt. Auch das Rote Kreuz konnte nicht helfen.<<

Sie hielt inne, hoffentlich sagte sie nun nichts Falsches.

>>Ich... ...habe dann in Unterstützung deiner Verwandtschaft das kleine Häuschen wieder aufgebaut und bin mit Sarah eingezogen. Denn ich fand Arbeit am Hamburger Flughafen. Drei Jahrzehnte lang hatte ich auf dich in Hamburg gewartet.<< Sie atmete tief.

>>Sarah verliebte sich in einen Mann. Sie wurde schwanger. Ich verstand mich überhaupt nicht mit ihm. Ich habe ihr dann das Haus überlassen und bin endgültig weg - zurück nach New York. Später dann, bin ich weiter nach San Francisco.<<

Phillip war baff: *was* hatte er da gerade gehört?
Erstaunt kam er um die Ecke und setzte sich an den Tisch.
>>Du...-...bist meine Großmutter?<<

Nun war Amy sprachlos.

Philipp begann zu erklären.
>>Mutter sprach immer nur von Großvater Peter, aus den Erinnerungen der Gespräche mit dir. Und dass ich versuchen möge, ihn ausfindig zu machen. Das Wort Großmutter hingegen war tabu.<<
Er blickte Amy an. >>Entschuldige bitte. Mum´s Entscheidung.<<
>>Ich begann dann Ahnenforschung in Richtung Großvater zu betreiben: jahrelang. Doch alles ergebnislos.
Dann - erst vor kurzem - war ich wieder beim jährlichen Treffen der Überlebenden der Bismarck in Friedrichsruh, bei Hamburg. Am Grab von Fürst Bismarck. Doch dieses Mal war ein Überlebender mit dabei, der in den Jahren zuvor nicht anwesend war.<<

Phillip schaute seinen Großvater an. >>Er erinnerte sich an dich. Er erklärte mir; er meinte damals in Gefangenschaft gehört zu haben,...dass du entweder in Deutschland oder in Argentinien deine Zukunft sehen würdest.<<

Philipp erklärte Amy gegenüber weiter. >>Ich machte Großvater ausfindig - und wir vereinbarten dieses Wochenende des D-Days. Da Großvater hier ebenso zu einem Gedenkgottesdienst wollte, für die gefallenen Kameraden der Bismarck. Hier, 1000 Seemeilen vor der Küste. Und um seine Retter der Dorsetshire wieder zu sehen, mit denen er sich über die Jahre hinweg angefreundet hat. Was er mir aber auch erst heute, auf dem Weg hin zum Friedhof, mitteilte. Perfekt: zwar wollte Der Stern mich sowieso hierher schicken...<<
Er blickte seinen Großvater an.
>>...doch ich wär auf jeden Fall gekommen.<<

Er ging in sich.
Nochmals blickten sich die drei an:
es war unglaublich, was hier mit ihnen und ihrer Familie geschah.

Und plötzlich schöpfte Junior Hinrichsen Hoffnung.
>>Aber jetzt, wo wir uns kennen gelernt haben. Überlegt doch mal: dieser Zufall. Wir müssen gemeinsam nach Hamburg fahren. Denn ich weiß...<< Er wandte sich an Amy. >>...dass Mutter immer heimlich wegen dir Großmutter geweint hat. Sie hat den Streit mit dir, sich selbst nie verziehen. Aus falschem Stolz.<<
Amy musste beifügen. >>Den hat sie von mir.<<

Die drei spürten die Energie des Augenblicks.
Und fielen sich gegenseitig in die Arme.

- - -

Der nächste Tag war ebenfalls regnerisch.

Doch es hielt Peter und Amy nicht davon ab, das Grab von Anthony nochmals auf dem Friedhof aufzusuchen.

Wortlos verharrten sie in tiefen Gedanken.

Dann - für sich - begann Amy leise, ganz leise zu sprechen.
Und doch wusste sie, dass Peter es hören würde.
>>Es ändert nichts an der kommenden Tatsache...dass du mit 90 Jahren zurückblicken wirst. Während dein Mann, Anthony, draußen im Regen unter frischen Blumen in seinem Grab liegt. Und du ständig daran denkst, wie es gewesen wäre: einmal, einmal in deinem alten, langen, vergilbten Leben den Mann an deiner Seite geliebt zu haben?<<
Sie blickte ihn an. >>Wie verdammt wäre es gewesen?<<

Ihre Augen glitzerten.
Und sie gab ihm einen Kuss.

- ENDE -

Gewidmet den Gefallenen des Seekrieges.

Mit dem Untergang der Hood, der Bismarck, der Tirpitz und weiteren Großschlachtschiffen des Zweiten Weltkrieges endete der Größenwahn von den Giganten auf See.

Lizenzhinweise

Photo # NH 60418 HMS Hood, photographed circa the early 1930s

Quelle: Bundesfilmarchiv / BSP 16958-1

Quelle: Bildarchiv Blohm & Voss Hamburg

Quelle: Wikipedia

Quelle: Wikipedia

Bundesarchiv Bild 183-21419-0003

Quelle: Privat

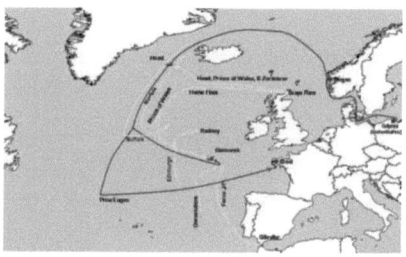

Citypeek (original work); Mess (Italian translation)
FileMap Rheinübung.svg / CC BY-SA 3.0

Quelle konnte nicht ermittelt werden.

Quelle konnte nicht ermittelt werden.

Quelle: Wikipedia Common

Quelle: ww2total.net

Bundesarchiv, Bild 193-04-1-26 CC-BY-SA

Bundesarchiv, Bild 193-04-1-23 CC-BY-SA

Quelle: Wikipedia Common

Quelle: Wikipedia Common

Quelle konnte nicht ermittelt werden.

Quelle: Wikipedia Common
Photo NH 69730

Quelle Wikipedia.

Quelle: Wikipedia Common
Photo NH 69732

Quelle: Wikipedia Common
Photo # NH 85716

Quelle: Wikipedia Common

Quelle konnte nicht ermittelt werden.

Quelle: Wikipedia Common Bismarck

Quelle: Wikipedia Common Bismarck

Quelle: Wikimedia